AF290454

Der Autor:

Bruno Küttel, geboren 1957 in Gersau, im Herzen der Schweiz, ist Rechtsanwalt und Vater von zwei Söhnen. Er lebt mit seiner Frau in Siebnen, in der Region Oberer Zürichsee. Der Autor und der Träumer Ben haben viel gemeinsam, eigentlich fast alles.

Vater ist ein Träumer

Bruno Küttel

Small Fish with Shark Fin © lassedesignen – Fotolia.com
Coverdesign: Wortfeger Media GmbH

Herausgegeben
Wortfeger Media GmbH, wortfeger.ch

März 2015

ISBN 978-3-906095-63-9

Herstellung: BoD – Books on Demand, Norderstedt
Die Deutsche und Schweizer Nationalbibliotheken verzeichnen
diese Publikation in der Nationalbibliografie; detaillierte
bibliografische Daten sind im Internet über
www.dnb.de und www.nb.admin.ch abrufbar.

Für unsere Söhne Tobias und Hannes,
und meinen Eltern zum Dank

«Nun waren aber gerade die hundert Jahre verflossen, und der Tag war gekommen, wo Dornröschen wieder erwachen sollte. Als der Königssohn sich der Dornenhecke näherte, waren es lauter grosse, schöne Blumen, die taten sich von selbst auseinander und liessen ihn unbeschädigt hindurch ...»

Prolog

Vater ist ein Träumer, das war mein Vater schon immer. Den Glauben, dass einmal Bücher von ihm erscheinen, liess er sich nicht nehmen. Dass es ihm gelang, ist für mich ein Wunder. Ich hätte es nicht geglaubt.

«Das Leben ist leicht, mein Sohn», hat Vater zu mir gesagt. «Nimm einfach Tag um Tag und Stunde um Stunde! Es liegt an dir, ob du das Leben leicht nimmst.»

Ich selbst hatte das schon eine Weile so gemacht, eigentlich schon immer. Aber trotzdem war es schön, dass Vater es zu mir sagte. Er sagte es auf eindringliche Art, auf seine eigene Weise, sodass ich es nie mehr vergesse, und das ist hilfreich, weil: Man weiss ja nie, ob man nicht irgendwann doch ins Vergessen kommt. Dann ist es nützlich, sich an Vater zu erinnern.

1.
Lieber Thomas

Es war am zweiten Tag nach dem Weltuntergang am Morgen früh, als ich aus dem Traum erwachte und wusste, wie mein nächstes Buch beginnt. Mein erstes Buch für deine Mutter – «Das Geschenk» – das zweite dann für dich und das dritte für deinen Bruder. Jetzt bin ich am zweiten dran, das passt. Es passt zu dem, was du in jungen Jahren schon sagtest. Es hat auch mitgeklungen bei allem, was du machtest. Du möchtest gern ein leichtes Leben führen, mit Freunden und viel Schönem, mit Reisen und Genuss. Ich habe von dir gelernt. Ich habe über all die Jahre Ballast abgeworfen.

Verstehst du, was ich meine?
Du verstehst mich doch bestimmt!

Ich wünsche dir viel Freude, wenn du die Geschichten liest, die ich dir erzähle. Es sind eigen-artige Geschichten. Keinen zweiten gibt es, der solche Geschichten schreibt. Und sie machen auch mir selbst immer wieder Freude. Wenn ich sie erlebe, dann wenn ich sie erzähle, und wieder und wieder und wieder, wenn ich sie wieder lese.

Von Herzen
Dein Vater Ben

2.
Sonntag, 23. Dezember 2012

Im Traum mir zugegangen: «Es ist nicht schwer, das Leben leicht zu nehmen. Nimm einfach Tag um Tag, Stunde um Stunde, und mach das Beste daraus! Es liegt an dir, ob du das Leben leicht nimmst.» – Das passt zur Geschichte, die ich in den letzten Tagen schrieb. Eine leichtere ist mir nie gelungen.

Heilige Familie

Powernapping ist bekannt, so heisst der kurze Schlaf, der fit macht mitten am Tag. Powershopping ist neu. Lisa sprach davon, und Lisa ist unsere Nichte.

«Wofür Geschenke kaufen in diesem Jahr, wo es Weihnachten nicht mehr gibt?!»

Sie redete sich gut zu. «Wenn ich für meine Lieben noch nichts gefunden habe, dann muss es halt nicht sein. Nicht vor dem Weltuntergang.»

Und wenn es anders kommen sollte, dann mache sie Powershopping am nächsten Samstag, am ersten Tag danach. Ich selbst bin zuversichtlich, dass es weitergeht, und so war ich unterwegs, um ein paar Geschenke zu kaufen und hernach ins Kino zu gehen für eineinhalb Stunden Genuss. «Sagrada – el misteri de la creacio» hiess der Film, und er erzählte in Bild und Klang und Wort die Geschichte der «Sagrada Familia» von Gaudí in Barcelona. «Die Biographie eines Bauwerks», wie es kein zweites gibt. Und die Bilder unterlegt mit der h-Moll-Messe von Bach. Man baut seit 130 Jahren, und ein Ende ist nicht in Sicht. Acht von achtzehn Türmen stehen. Der grosse Jesusturm in der Mitte misst 25 Meter über dem Kirchendach zurzeit. Es sollen bis zuletzt 120 Meter werden, der höchste Kirchenturm weltweit. Gut möglich, dass der Plan gelingt. Am Geld fehlt es nicht. Ein Touristenstrom ohne Ende sorgt Tag für Tag für Nachschub.

«Das ist der Engelladen», sagt ein Mann zu seiner Frau, derweil die Frau sich wundert: «Heisst er wirklich so?»

«Nicht wirklich, aber *ich* gebe ihm diesen Namen. Schau, da hat es jede Menge Engel.» Der Mann hatte recht, Engel in allen Farben und Formen: Bilder, Schmuck, Skulpturen und Bücher, Bücher, Bücher. Auch andere Bücher gab es. Im Schaufenster war ein Buch ausgelegt, das von einer Pilgerreise handelt, von einer Wanderung der aussergewöhnlichen Art. Zu Fuss ins Heilige Land, beginnend in der Schweiz. Vom Pilgertrupp, zwei Männer und zwei Frauen, las ich in der Zeitung. Ein Interview mit einer der beiden Frauen, als sie daran gingen, die Reise vorzubereiten.

Ich sammle Artikel aus der Zeitung, die mich zum Nachdenken bringen, vielleicht auch zum Erzählen. Die Sammlung wächst und wächst. Die Zeitung in diesem Fall gilt über den Tag hinaus. Das Buch im Fenster, im Laden in der Zürcher Innenstadt, erinnerte mich an das, was ich gesammelt hatte. Mein Sammelgut passte wundersam zu dem, was sich an diesem Tag in diesem Jahr an diesem Ort ergab. Zehn Tage vor Weihnachten, am siebten Tag vor dem «Ende der Welt».

Gelegentlich finde ich sogar ein paar Artikel zur gleichen Zeit, die zusammenpassen. Drei Artikel waren es an jenem Tag vor circa einem Jahr: Im ersten ging es um die Kirche in Barcelona, die der Papst einweihte. Im zweiten um die Frau von hier, die mit ihren Freunden zu Fuss nach Jerusalem wollte. Und im dritten Artikel ging es um die «Herzbaracke», um ein Theaterschiff auf dem Zürichsee, das Jahr für Jahr im Frühling und im Herbst auch bei uns festmacht, um ein Gastspiel zu geben. Auf den ersten Blick hatten die drei Geschichten nichts miteinander zu tun, und auch nicht auf den zweiten. Erst jetzt, im Jahr danach, scheinen sie zu passen. Sie passen irgendwie.

Ob sie keine Zurückhaltung spüre angesichts einer solch unglaublichen Reise, wurde die Pilgerin im Interview gefragt.

«Nein, seltsamerweise nicht», gab sie zur Antwort, «ich war mir noch nie in meinem Leben einer Sache so sicher.»

Nur einen kleinen Zweifel nahm die Frau auf die Reise mit. Zahnpasta, zwei Tuben ihrer bevorzugten Sorte, packe sie ein. Sie wisse nicht, ob sie diese unterwegs bekomme. Und in Istanbul erwarte sie Nachschub aus der Schweiz.

Aber eigentlich, wenn ich es recht bedenke, passt es noch nicht mit diesen drei Geschichten. Ich weiss noch nicht, wie es passt, ich muss es noch entdecken. Ich werde zu diesem Zweck die Artikel aus der Zeitung noch einmal lesen müssen. Ich fange an mit dem Papstbesuch in Spanien. Zwei Tage war er da. Am ersten Tag, am Samstag, habe er Santiago de Compostela in Galicien besucht, und am Sonntag als Höhepunkt der Reise Katalonien und Barcelona, um die «Sagrada Familia» zur Basilika zu weihen. Wie immer, wenn der Papst auftritt, hat man ihn umjubelt und hat man ihm widersprochen. Aber darum geht es nicht für mich, wohl eher um den Titel, unter dem der Artikel erschien: «2026 dürfte Bauschluss sein». Die Bauleute rechnen also doch damit, dass sie fertig werden in absehbarer Zeit. Es erinnert mich an das, was im Film ein Maurer-Vorarbeiter zuversichtlich meinte. Die Generation, die derzeit baue, hätte gute Chancen, die Fertigstellung zu erleben. Sich selber meinte er mit.

Und dann die Frau, die Jerusalem zu Fuss erreichen wollte. Sie und ihre Gefährten, wie man inzwischen weiss, haben es geschafft. Sie haben ihr Ziel erreicht, wenn auch, dem Krieg in Syrien zufolge, auf abgeänderter Route. Weihnachten 2011 würden sie gern in Bethlehem verbringen, am Ort von Christi Geburt, sagte die Gefragte im Gespräch, das sie – wie ich nun erkenne – schon vor *zwei* Jahren führten. Und dass sie in Jerusalem zur besagten Zeit Teilnehmer eines interreligiösen Friedenskongresses wären, sagte die Frau damals auch.

Friedenskongress, das passt. Über den Frieden reden am Ort, wo seit unendlichen Zeiten Kriege auf Kriege folgen. Man fragt sich nach dem Warum. Weshalb an diesem Ort? Warum gibt es kein Ende? Auf die Frage, ob es nicht gefährlich sei, durch den Balkan und die Türkei, durch Syrien und Jordanien zu wandern, gab die Frau zur Antwort: «Wir nehmen zwar den Landweg, aber es ist ein Gang übers Wasser.»

Und dann die «Herzbaracke»: «Jeder Tag ein kleines Wunder», sagte der Mann, der das Theaterschiff betreibt, und so lautete auch der Titel. Er sprach im Montagsinterview. Immer zu Beginn der Woche ein paar Fragen an einen ausgewählten Gast und als Einstieg immer das Gleiche: «Was ist Ihr Rezept gegen schlechte Montagslaune?»

«Das ist ganz einfach», sagte der Mann, «ich freue mich darüber, dass ein neuer Tag anfängt. Das klingt banal, aber es funktioniert. Jeder neue Tag ist für mich ein kleines Wunder.»

Ein Wunder ist es auch – das liest man zwischen den Zeilen –, dass es die «Herzbaracke» gibt, schon seit zwanzig Jahren.

Und dann noch die letzte Frage: «Was geben Sie uns mit auf den Weg?»

«Die Menschen sollen vermehrt wieder tief in sich hineingehen und hineinhören – und sich dann, neu erfrischt, neu inspiriert, wieder nach aussen kehren.»

Zu schön gesagt ist das, um auf dem Zeitungshaufen und im Altpapier zu landen. Der Mann, der auf die Herzensstimme hörte und die «Herzbaracke» baute und der jetzt Jahr für Jahr am See Freude um Freude bereitet, soll auch ein Teil von *meiner* Herzenssache sein. Ich will von ihm erzählen.

Nun weiss ich, wie es passt, jetzt ist mir klar geworden: Da wie hier wie dort geht es um das Gleiche. Es geht um das, was einer, eine hören kann, wenn sie und er hineinhört. Und dann geht es auch um das, was sie und er dann macht, wenn sie und er, erfrischt und inspiriert, sich neu nach aussen wenden. Der eine baut eine Kirche, der andere macht eine Herzbaracke auf, und die dritte geht auf dem Landweg über das Wasser. Und alle, die das tun, stecken andere an und machen ihnen Mut für *ihre* Herzenssache, und was sich dann ereignet, sind Wunder jeden Tag, wie der Theatermann sie meinte. Und dann fällt mir noch etwas ein bei dieser Gelegenheit: Im Film, den ich im Kino sah, gab es exquisite Bilder von Säulen und von Türmen, von strahlenden Fenstern und grosser Pracht. Und dann war da noch das Kleine. Der Mann zum

Beispiel, der als Maurer-Vorarbeiter seinen betagten Vater, der selbst in jüngeren Jahren schon an der Kirche baute, über die Baustelle führt.

Beide strahlen und staunen. Sie strahlen Freude aus.

Und noch eines, ein Letztes muss ich sagen: Ich wollte nicht warten mit dem Lesen der drei Artikel bis nach … Man weiss ja nie … Sie wissen, was ich meine … Aber eigentlich – eigentlich war ich mir sicher … Und dann fällt mir noch etwas ein, ein Letztes vor dem Ende: «… el misteri de la creacio» hiess es im Titel des Films. Es ging um «das Geheimnis des Schöpfens», und es ging in diesem Sinn auch um die Frage nach unserer Schaffenskraft und wofür wir sie einsetzen wollen. – «El misteri», das Geheimnis!? Das ist und bleibt die Frage, um die sich alles dreht. Um die Antwort geht es auch.

3.
Lieber Thomas

Ein paar Menschen halfen mir, aus meinem Traum Wirklichkeit zu machen. Frank zuallererst. Frank war der Erste, der an die Kraft meiner Geschichten glaubte. Frank hat auch erkannt, dass mein Erzählen für seine Zeitschrift wertvoll war. Er gab mir eine Chance. Er und ich zusammen sind ein starkes Team. Wenn du «Alles Käse!» liest, weisst du, was ich meine. Wir sind im gleichen Sinn verrückt, wir teilen die Liebe zum Leben. Und Frank heisst er nicht umsonst. Man sagt doch: frank und frei.

Von Herzen
Dein Vater Ben

Alles Käse!

Betreff: Fernsehtipp

Lieber Frank, ich habe einen Fernsehtipp für dich: «Aeschbacher», die Talkshow gestern Abend. Madlen Arnold, Bäuerin, Käserin, Theaterfrau, aus Altdorf und vom Urnerboden. Im Internet ist die Sendung noch zu haben. Wunderbar, wie die Frau strahlte, als sie vom Käsen erzählte, und vom Leben auf der Alp, und auch vom Theaterspielen. Die Liebe, die diese junge Frau in ihren Käse steckt, war mit Händen zu greifen. Sie hat mir vor Augen geführt, dass ich auf dem richtigen Weg bin mit meinen Geschichten. Es ist unglaublich kraftvoll, wenn man weiss, um was es geht bei dem, was man macht. Die Frau im Fernsehen weiss es. Aeschbacher, der Talker, weiss es. Ich selber weiss es, und du weisst es auch. Es geht um Liebe, um nichts weniger und nichts mehr. Und es geht ums Geld, weil, wie du gerne Beuys zitierst: «Geld ist gefrorene Liebe.»

Und Käse ist Liebe, die durch den Magen geht. Im Magen des Essers wird der Käse umgewandelt, und das ist Alchemie. So meine ich es, wenn ich dir sage: Ich bin mit meiner Geschichte auf dem richtigen Weg. Jetzt geht es um den Käse.

Herzliche Grüsse
Ben

PS: Hast du es gemerkt? – Auch was ich hier schreibe, ist Teil von meiner Geschichte, und zugleich ist es mehr. Ich bin froh, dass es dich gibt und du mir erlaubst, meine Geschichte weiterzuentwickeln, das ist nicht selbstverständlich. Ich habe auf dem Weg des Suchens nämlich dann und wann erfahren, dass es Menschen gibt, die meinen Freigeist nicht so leicht ertragen. Mein Fliegen zieht den Boden unter den Füssen weg, wo sich einer am vermeintlich Festen gern festhalten möchte. Ein Vorwurf ist das nicht. Die einen sind fürs Fliegen gemacht, die anderen mehr für den Boden. Und natürlich machen auch wir immer beides. In meiner Bodenarbeit geht es um die Bücher. Wenn meine Bücher unter die Leute kommen, sind sie für die Leser, was für die Esser der Käse ist. Als Autor erziele ich mit meinem Produkt einen pekuniären Ertrag, wie die Käserin mit dem Käse. So wird aus Liebe Geld, und ich frage mich dabei, ob der Satz von Beuys auch wirklich stimmt. Er stimmt wahrscheinlich schon, aber wir haben es in der Hand, wie wir ihn anwenden wollen. Nicht «verstehen», «anwenden» sage ich bewusst. Es liegt in unseren Händen, die gefrorene Liebe aufzutauen und sie liquid zu machen. Das haben wir alle in der Hand, jeder auf seine Weise. Sind alle um die 37 Grad. In diesem Sinn, lieber Frank, nun meine Erkenntnis: Geld ist kein Problem, wenn wir es fliessen lassen. Was wir zurzeit erleben, mit Euro und mit Franken, ist ein Ausdruck davon. Dass es Jahre dauert, bis das Neue aus dem Alten entsteht, ist mir lieber als Krieg. Früher wurden in Europa in derart turbulenten Zeiten verheerende Schlachten geschlagen. Mir macht es Mut, wenn ich sehe, dass wir in dieser Hinsicht reifer geworden sind. – Womit wir wieder beim Käse wären. Unser Käse, wenn er reif ist, wird hart. Ein Problem ist das nicht. Wir brauchen nur ein etwas schärferes Messer, um den harten Käse zu schneiden, und wir müssen kräftiger beissen.

PPS: Hast du übrigens gewusst, dass man bei uns im Dorf Käseformen für den weltweiten Markt herstellt? Vor Kurzem, an einem Kirchenfest – ich singe ja im Chor, wie du weisst – sass ich einem Mann gegenüber, der am Bauen dieser Käseformen mitwirkt. Er hat mir erklärt, was sie machen. Es ist eine kleine Manufaktur für hochpräzise Produkte. Ich hatte keine Ahnung, wie anspruchsvoll das Herstellen von Käseformen ist. Auch das passt mit dem zusammen, was wir beide machen. Irgendwie bauen auch wir beide Käseformen für die Welt.

PPPS: Und noch etwas passt. Zum Käse passt es. Vor Kurzem war ich mit Rosa auf dem Titlis, an einem wunderschönen Tag. Kein Wölkchen am Himmel und ein laues Lüftchen auf 3'000 Metern Höhe. Mit der Bahn ging es ganz leicht. Und gegen Abend, zurück im Dorf, besuchten wir das Kloster. Hast du gewusst, dass sie dort eine Käserei betreiben? Im Kloster, meine ich. Die machen ausgezeichneten Käse. Auch das passt doch perfekt. Die Benediktiner von Engelberg machen ihr Geld mit Käse. Und Blumen verkaufen sie auch und Souvenirs für die Touristen. Auch die Geistigen, wie das Beispiel zeigt, leben nicht vom Geist allein.

PPPPS: Bevor ich meine Mail abschickte, rief Rosa
mich zum Essen, und so kann ich dir noch sagen, was ich
über Mittag las. In der Zeitung wird heute im Feuilleton
ein neues Buch vorgestellt: «Gerechtigkeit für Igel», 800
Seiten stark, des amerikanischen Philosophen Ronald
Dworkin. Der Buchtitel spiele auf den berühmten Satz
des Archilochos an, demzufolge der Fuchs viele Dinge,
der Igel aber eine grosse Sache weiss. Nicht, dass ich den
Wälzer von Dworkin lesen möchte, den Grundgedanken
aber, den der Rezensent als Essenz dem Buch entnom-
men hat, finde ich schön. In Dworkins Buch gehe es um
die grosse Sache der moralischen Werte, die in Bezug
auf den Sinn des Lebens eine Rolle spielen. Dass es einen
solchen Sinn des Daseins gebe, davon sei Dworkin über-
zeugt. Seiner Meinung nach bestehe er darin, «ein gelun-
genes Leben zu führen». Dworkin sage wörtlich: «Das
Leben hat keinen dauerhaften Wert und keinen Sinn, der
über diesen Imperativ hinausgeht – und mehr brauchen
wir nicht. Tatsächlich ist das ganz wunderbar.»

Mich erinnert, was Dworkin sagt, an einen anderen
Amerikaner, den ich dir schon oft zitierte. Ich wiederhole mich in dieser Hinsicht gern: «Was vor uns liegt und
was hinter uns liegt, sind Kleinigkeiten im Vergleich mit
dem, was in uns liegt, und wenn wir das, was in uns liegt,
in die Welt hinaustragen, geschehen Wunder.»

Mag sein, dass das Wunderbare, das Dworkin heute meint, das Gleiche ist, das Thoreau damals meinte?
Und das vom Igel und vom Fuchs, das dem Buch den Titel gab, kommt mir auch bekannt vor. Irgendwie ist das
die Geschichte, die ich selber immer wieder erzähle, auf
immer wieder abgewandelte Weise. Ich bin ein Fuchs

mit vielen Dingen, der nach und nach erkennt, dass er mehr ein Igel ist. Ich weiss nicht wirklich viel, dafür aber etwas Grosses. In diesem Sinn, lieber Frank: Ich könnte jetzt über diese Mail als Betreff statt «Fernsehtipp» auch «Alles Käse» schreiben. Ich könnte, wenn ich wollte, aber ich lasse es, wie es ist.

AW: Fernsehtipp

Lieber Ben, der Zufall wollte es, dass ich, quasi beim Vorbeigehen – beiläufig, wie man sagt – genau diesen Teil der Sendung sah. Ich schaue solche Talkshows sonst nie.

Diese junge Frau hatte eine Ausstrahlung! Unglaublich! Ich war sofort ein bisschen verliebt. Und zwar verliebt in dem Sinne, dass diese Ausstrahlung pure Ästhetik ist. Echtheit. Authentizität. Schönheit. Das, genau das ist es, was ich suche in meinem Leben, Momente, die sind wie dieser. Und ich bin sicher, diese Ausstrahlung schlummert in jedem Menschen, wenn er das findet und das tut, was seine Berufung ist. Lass uns Wege finden, diese Ausstrahlung immer wieder zu entdecken.

Gruss

Frank

Betreff: Lebensqualität

Lieber Frank, ich habe dir noch einen zweiten Tipp.
Zum Käse die Kartoffeln! Ein Artikel im Tages-Anzeiger
über einen Bauern im Albulatal, der alte Kartoffelsorten
kultiviert, und ein anderer, der sie vermarktet. Diesen
Kartoffelhändler, der auch ein Spitzenkoch ist, habe ich
einmal im Kreis von Spirituellen getroffen vor ein paar
Jahren. Er wohnt nicht weit von hier. «Lebensqualität»
ist ein Begriff, den er im Gespräch immer wieder ver-
wendet. Dieser Begriff hat auch im Zeitungsbericht
seinen Niederschlag gefunden: Lebensqualität durch
Genuss! Ergäbe vielleicht ein Interview für deine Zeitschrift? Das ist auf jeden Fall ein interessanter Mann. Ist
es nicht immer wieder erstaunlich, wie viel Gutes wir in
unserer Nähe haben?! Gleich um die Ecke, und wir wissen nichts davon.
Herzliche Grüsse
Ben

AW: Lebensqualität

Lieber Ben, die Kreise schliessen sich. Ich habe letztes Jahr mit den rumänischen Bauern, die wir mit unserer Stiftung unterstützen, eben diesen Bauern im Albulatal besucht und er hat uns den Hof gezeigt. Ich war
begeistert von dem, was er macht.
Das mit dem Interview nehme ich auf.
Gruss
Frank

4.
Lieber Thomas

*Erinnerst du dich an Viktor, der dein Lehrer war in der
Schule, die wir Eltern für euch machten? Du erinnerst dich
bestimmt. Die Kindheit vergisst man nie und ganz sicher
nicht die Menschen, die einen fürs Leben prägten.*

*Nicht alles ist uns gelungen, und oftmals war es ein
Krampf, aber im grossen Ganzen bin ich zufrieden mit
dem, was wir erreichten. Das war etwas Gutes aus unserer
Sicht, euch Kinder fragten wir nicht. In diesem Sinn: Auch
wenn wir eine eigene Schule machten, nach den Grundsät-
zen von Montessori – «Hilf mir, es selbst zu tun!» –, waren
wir nicht anders, als alle Eltern sind. Wir wollten für euch
das Beste.*

*Ob es das Beste für euch war, könnt nur ihr selber wissen.
Wir Eltern, auf jeden Fall, haben viel gelernt.*

*Manch einer von uns «Grossen» ist nach der «Schulzeit»
einen Weg gegangen, über den ich heute staune. Über
mich staune ich auch.*

*Und vor Kurzem staunte ich auch, als ich erfuhr, dass dein
Lehrer von damals jetzt Engelbilder malt. – Ich habe mich
auch gefreut.*

*Von Herzen
Dein Vater Ben*

e[103]

Betreff: Engel

Lieber Viktor, es kommt alles zu seiner Zeit, und wenn es an der Zeit ist, dann kommt der Anstoss auf irgendeine Weise. Am Samstag war Rosa mit Maren und Lena zusammen, und so hat Rosa erfahren, dass du jetzt Engelbilder malst. Dann hat Rosa es mir erzählt, mich hat es angesprochen, und ich habe dich gegoogelt. Was ich entdecke, gefällt mir gut. Ich spüre, dass du deinen Platz gefunden hast. Deine Engel haben Kraft und Schönheit. Auch was deine Frau macht, gefällt mir. Aus dem, was ihr beide macht, spricht Herzlichkeit und Freude.

Dass der erste Engel in deiner Palette zur Veränderung ermutigt, passt zu dem, was *mich* umtreibt zurzeit. Ich spüre, dass Veränderungen kommen, und diese Veränderungen haben mit meinem Schreiben zu tun, mit meinem Geschichtenerzählen. Ich weiss nicht mehr, wo ich diesbezüglich stand, als wir uns das letzte Mal sahen. – Du klopftest unverhofft an bei uns, und ich habe mich riesig gefreut. Damals dachte ich, dass ich bald einmal bei dir anklopfen würde. Ich käme an die Buchmesse mit meinen Büchern, meinte ich. Es ging aber alles nicht so schnell, und das war gut so. Meine Sache wurde reifer. Jetzt ist sie wirklich reif. Fünf Manuskripte liegen vor, vier gehören zusammen («Heilmanns magische Reise»). Diese vier Bücher sind mein Plädoyer für den Wert der Träume. Ich erzähle von einem Anwalt, der meint, er werde Heiler und der zur Erkenntnis kommt, dass er ein Schriftsteller ist. Er entdeckt den Wert der Kunst. Und mein fünftes Buch ist eine Liebesgeschichte («ich – dich – auch») in dreizehn Briefen und dreizehn Geschichten. Wie im Märchen kommt eine unverhofft. Aber das ist alles viel zu knapp, um dir wirklich zu zeigen, was ich büchermässig mache. Bücher muss man lesen, wenn es denn Bücher sind.

Ich vertraue darauf, dass aus meinen Manuskripten Bücher werden, zur richtigen Zeit am richtigen Ort. Im Moment habe ich den Eindruck, dass ein Verlag in Berlin der passende Ort sein könnte. – Aber vielleicht kommt es auch anders. Vielleicht erinnert mich zurzeit einer meiner Engel an dich, damit ich bei dir anklopfe, weil du, der du in der Bücherstadt Frankfurt lebst, irgendjemanden kennst, der irgendjemanden kennt, die irgendjemanden kennt, die in Agentur, Verlag etc. ... oder oder oder ... in Büchern kundig ist und beruflich engagiert. Man kann ja nie wissen, was unsere Engel mit dir und mir und wem auch immer im Sinn haben. Und sollte ich in Frankfurt anknüpfen können, dann wäre mir das auch eine willkommene Gelegenheit, dich wieder einmal zu sehen.

Geschichten für eine Zeitschrift schreibe ich auch. Kennst du die «Leben & Bewegen», die bei Frank erscheint?

Meine Geschichten und Bücher sind auch eine Art Engel, mit denen ich die Leser und Leserinnen berühre. Wenn ich zurückschaue auf meine Jahre des Suchens, dann kann ich heute sagen, dass ich vor allem lernte, Menschen zu berühren und mich berühren zu lassen von Menschen, Büchern und Orten. – Auch von Bildern, das merke ich jetzt gerade, während ich dir schreibe.

Mein bewusstes Suchen begann 1998, aber unbewusst suchte ich schon davor. Ich meine die Jahre der Politik, des Hausbauens, des Familiegründens, des Schulemachens, usw. Wir sind uns nicht umsonst begegnet. Wir haben nicht umsonst in unserer Schule um gutes Gelingen gerungen. Und die Stunden der Geselligkeit habe ich immer genossen.

Aber warum erzähle ich *dir* das, und warum gerade jetzt? – Weil Zeiten der Veränderung auch Zeiten des Rückblicks sind? Wovon ich rede, liegt weit hinter uns und trotzdem ist es wertvoll. Was war, hat uns Reife geschenkt, sodass wir jetzt ernten können.

Ich grüsse dich herzlich
Ben

Betreff: e103

Lieber Viktor, deinen Engel e103 möchte ich gern kaufen, wenn er noch zu haben ist.

Und dann noch ein Nachtrag zu dem, was ich dir meine Bücher betreffend schrieb: Der Anwalt, der meint, er werde Heiler und der die Kunst entdeckt, bin natürlich ich. Ich entdeckte jene Kunst, die Beuys mit seinem berühmten Satz «Jeder Mensch ist ein Künstler» meinte. Im gleichen Sinn sage *ich*: Jeder Mensch ist ein Heiler. In diesem Sinn ist aus dem Anwalt, der ich war und bin, doch auch ein Heiler geworden.

Und wie machen wir es jetzt mit e103? Wie kommt dein Engel zu mir? Eile hat es nicht.
Herzliche Grüsse
Ben

AW: e103

Hallo Ben, danke für deine Mails. Ich will dir nur kurz sagen, dass sie angekommen sind, dass ich mich sehr freue über deine Kontaktnahme und dass ich gern in den nächsten Tagen etwas ausführlicher antworten werde. Bis morgen Abend möchte ich aber eine Arbeit noch fertigstellen.
Liebe Grüsse
Viktor

PS: Herzlichen Dank auch für dein Interesse an meinen Bildern. Der Engel, der dir gefällt, ist noch zu haben. Wichtig zu wissen aber, dass die Originalfarbe blasser ist als auf dem Bildschirm. Insofern – der Engel fliegt zu dir – kaufen bitte erst, wenn das Original auch gefällt.

AW: e103

Hallo Viktor, danke für deine Rückmeldung. Ich warte auf das, was du mir dann sagst.
Grüsse und bis dann
Ben

AW: e103

Ein Nachtrag noch zum Engel: Ich kann ihn zur Post bringen – das Porto von hier zu dir ist aber unverhältnismässig hoch – deshalb mache ich es anders, oder schlage ich dir etwas anderes vor: Am 13. Dezember bin ich in Zürich, dann übergebe ich das Paket der Post. Dann schaust du den Engel im Original an und entscheidest dich. Falls du kaufst, schicke ich dir die Rechnung per Mail, andernfalls ... Aber das sehen wir, wenn es anders kommen sollte.
Liebe Grüsse
Viktor

AW: e103

Ja, so machen wir das, genau so, wie du es vorschlägst. Alles andere wird sich ergeben.
Herzliche Grüsse
Ben

Betreff: Anwalt, Heiler, Träume

Lieber Ben, nun habe ich die Musse, um dir meine Antwort zu geben. Zuerst mal: Es freut mich wirklich sehr, von dir zu hören. Ich denke immer wieder an euch und wäre sicher irgendwann auch wieder, spontan oder nach Anfrage, bei euch vorbeigekommen. Auch wenn viele Jahre durchs Land sind – wir hatten eine tolle Zeit miteinander, privat und in der Schule. Da bin ich dankbar dafür, und diese Verbindung zu dir hin und zu Rosa, die bleibt. Sammelt Rosa immer noch Schnapsgläschen? Liebe Grüsse an sie.

Zur Bücherstadt Frankfurt: Ich kenne nur eine Person, die für einen Verlag arbeitet. Was sie da alles macht, weiss ich nicht. Ich meine, sie sei Lektorin. Zu ihr könnte ich einen Kontakt herstellen, wenn du willst. Ich habe sie kennengelernt, als ihr Sohn mit unserem Jüngsten in den Kindergarten ging. Ich glaube, die machen Lehr- und Studienbücher dort oder etwas in diese Richtung. Wahrscheinlich nicht das, was du suchst. Und ansonsten bin ich nicht im Bücherfeld drin. Ich habe dieses Jahr nicht einmal mitbekommen, wann die Buchmesse war.

Was könnte ich dir also zusätzlich noch geben, wenn keine weiteren Adressen? – Meine Reaktion auf deine Worte? – Ein Plädoyer für den Wert der Träume, sagst du? Da kommt mir die Frage: Was bedeuten für dich die Träume? Was ist es, was dich dazu bewegt, als Anwalt der Träume zu stehen? Wie gehst du um mit deinen Träumen? Sind die Träume schuldig – nicht schuldig – zurechnungsfähig oder nicht? Welche Partei steht den Träumen gegenüber? Du schreibst von einem Anwalt, der meint, er sei ..., und der herausfindet, dass ... Mir war sofort klar, dass du dieser Anwalt bist. Ist es also deine Autobiographie in der Form einer Geschichte? Du hast natürlich nur ein paar Sätze geschrieben, damit ich eine Ahnung von der Geschichte erhalte. Um wirklich zu wissen, worum es geht, müsste ich die Bücher lesen. Als Buchslogan – ein Anwalt, der ... und der ... – spricht es mich nicht an. Weil ich dich jedoch persönlich kenne und schätze, löst es doch ein Interesse bei mir aus für deinen Weg, für deinen Prozess.

Wenn ich nun also die zwei Teile zusammenbringe – der Anwalt der Träume und der Anwalt, der meint, er sei ... –, dann taucht wieder die Frage auf: Was tut der Anwalt, und was tut der Schriftsteller mit seinen Träumen? Und was würde er damit tun, wenn er ein Heiler wäre? Und wenn er Anwalt bliebe? Und wenn er alle drei ist oder nichts von alledem, was wäre dann?

Und Heilmanns Reise? Bens Reise? Führen dich deine Manuskripte auch ganz konkret auf einen Weg – wirklich, in natura – mit Koffer oder Rucksack, von Verlag zu Verlag, zu Menschen in Kontakte hinein? Und davor alleine für dich? Ich weiss ja nicht, wie du in den letzten Jahren gelebt hast. – Das sind einfach ein paar Gedanken, die mir kommen.

Solltest du tatsächlich auch auf die äussere Reise gehen und gelegentlich in Frankfurt sein, dann freue ich mich natürlich sehr, dich bei mir zu begrüssen. Voraussichtlich bin ich aber nur noch bis nächsten Sommer hier in der Stadt. Wir sind dabei, uns neu zu orientieren. Ein 7-Jahres-Zyklus ist wieder einmal zu Ende und ein neuer Bogen beginnt. Wir möchten in der Pfalz (100 km südwestlich von hier) eine alte Mühle kaufen, in der sie bis jetzt eine Kunstgalerie betreiben. Daraus wollen wir ein Haus für Kunst, Kultur und innere Heilung machen. An diesem Projekt sind wir dran. So viel für heute.

Liebe Grüsse
Viktor

AW: Anwalt, Heiler, Träume

Lieber Viktor, danke für deine Antwort. Oder soll ich sagen: für deine Reflexion über mich? Schau gern bei uns herein, spontan oder angemeldet, wenn du die Möglichkeit hast. Ich freue mich darauf. Und ja, Rosa sammelt noch immer, wenn auch mit Zurückhaltung, weil ihre Sammlung aus allen Nähten platzt. Und sie trinkt noch immer keinen Schnaps, das muss ich machen. Ich bin also dafür verantwortlich, dass sich die Sammlung ein wenig bewegt. Danebst macht Rosa noch vieles andere. Sie hat eine Ausbildung als Heilerin gemacht, und jetzt ist sie in einer Ausbildung in Medialität. Du siehst, da kommt einiges zusammen. Auch mit Malen – was sie in jungen Jahren schon machte – hat sie wieder angefangen.

Zum Verlag und zu den Büchern: Tatsächlich, du hast recht, wo sie Lehrbücher machen, ist nicht mein Ort. Und eigentlich weiss ich schon, wo meine Bücher hineinpassen würden. «Allegria» – was bekanntlich Freude heisst – wäre ein Verlag für mich. Ich weiss nur nicht, … Oder doch, ich weiss auch das. Ich weiss auch, wo es noch klemmt. Die Veränderung macht mir noch Sorgen.

Ich spüre, dass meine Bücher, wenn sie erscheinen, eine Veränderung bedeuten. Einerseits will ich das, andererseits fällt es mir schwer, mich darauf einzulassen. In dieser Hinsicht bist du offensichtlich anders. Neues steht bei euch an, wie du sagst, die Mühle in der Pfalz. Ich wünsche euch gutes Gelingen.

Heilmanns Reise gleich Bens Reise, da hast du natürlich recht. Und du hast auch recht, wenn du sagst, dass mein Erklären als Slogan wenig taugt. Verkaufen ist nicht meine Stärke. Ich muss darauf vertrauen, dass ich zur rechten Zeit am rechten Ort die passenden Verkäufer finde. Diese meine Sache ist tausendmal schöner, als jede Erklärung tönt. Und ja, mit deinen Fragen zu meiner Reise triffst du den Kern der Sache. Selbstfindung natürlich. Aber das allein wäre kaum des Publizierens wert. Natürlich ist es wertvoll für mich, wenn ich mich selber finde, aber damit es auch für andere wertvoll wird, muss mehr darin stecken. Hier müsste ich wieder erklären, aber wie wir aus Erfahrung wissen, hilft das Erklären nicht. Statt meiner eigenen Worte nehme ich einen Satz, den mir vor Kurzem eine Engelfrau, die auch eine Buchautorin ist, als Widmung in das Buch schrieb, das ich von ihr kaufte. Diese Frau also schrieb: «Lieber Ben, du verbindest die Welten!» – Ja, das mache ich wirklich, das hat sie richtig erkannt.

Ich traf die Reisende in Sachen Engel an einem Kongress mit dem Titel «Spirituelle Werte – Wege der Verankerung» in Zürich. Und weil ich zu wenig Sitzleder hatte, um die ganzen zweieinhalb Tage im Kongresshaus auszuharren, liess ich meine Füsse gehen. Sie führten mich am ersten Tag über Mittag zum Bücherkiosk beim

Helmhaus, wo ich eine Beuys-Biographie erstand, mit dem schönen Titel «Jeder Mensch ist ein Künstler». Und auch am zweiten Tag hatte ich am Mittag genug vom Meditieren, und so ging ich noch ins Kino. «The Way» schaute ich mir an, eine Jakobspilger-Geschichte. Für den Fall, dass du diesen Film nicht schon kennst: Da gibt es einen Vater und einen Sohn, die sich nicht verstehen. Der Sohn reist durch die Welt, statt sein Studium zu machen und sich einzugliedern in die Gesellschaft, wie es der Vater gern hätte. Auf der ersten Etappe auf dem Jakobsweg in Spanien – nein, eigentlich noch in Frankreich – kommt der Sohn in einem Unwetter um. Dann reist der Vater an, erschüttert und verzweifelt, um die Formalitäten zu erledigen. Die «Formalitäten» dauern ein paar Wochen, weil der Vater sich in den Schuhen des Sohnes selbst auf die Pilgerreise macht.

Das, lieber Viktor, ist der Stoff, aus dem meine Bücher sind: «Spirituelle Werte – Wege der Verankerung», «Brückenbau», wie die Engelfrau es meinte, «Kunst», wie Beuys es lehrte, und - last but not least - die «Jakobswege», von denen es viele gibt, einen auch bei uns praktisch vor der Haustür. Und die Form in meinen Büchern ist zum überwiegenden Teil die des Gesprächs per Mail, über Gott und die Welt, mit Rückblick, Vorschau und Exkursen. Manches ist wahr und hat sich wundersam ergeben, der Rest ist gut erfunden, damit die Geschichte stimmt. Und mein Publikum sind Suchende wie ich, die hineinwachsen müssen in das, was ihnen das Leben schenkt.

Herzliche Grüsse

Ben

PS: Die Träume noch, fast hätte ich die Träume vergessen. – Mein grosser Traum ist der, dass ich Menschen berühren kann und ihnen helfe, mit Mut ihren Weg zu gehen. Mit Mut und auch mit Freude. Ich will Mut machen, eigene Wege zu finden, die niemand anders geht, ureigene Wege. Und dabei weiss ich, wovon ich rede. Ich habe selbst um Mut gerungen und ringe noch jetzt darum. Ich ringe schon ziemlich lang. – Und dann fällt mir in diesem Moment noch ein Satz ein, der zum Gesagten passt und zu eurer Mühle in der Pfalz: «Spät erst mahlen die Mühlen der Götter, doch mahlen sie Feinmehl» (Sextus Empiricus). – War schlau von diesem Römer. Mehr weiss ich nicht von ihm. Muss ich einmal googeln.

PPS: Ich bin lang geworden, ich weiss. Aber es tut mir gut, wenn ich mich dir mitteilen kann. Im Schreiben finde ich Klarheit, und klare Gedanken finden ihren Weg.

AW: Anwalt, Heiler, Träume

Lieber Ben, ich war ein paar Tage nicht am PC – am Wochenende ruht mein PC meistens – antworte dir deshalb erst heute. Übrigens habe ich ja noch in Erinnerung, dass du stetst alles von Hand geschrieben hast. Das scheint heute nicht mehr der Fall zu sein. Ja, für Veränderungen brauchen wir Mut, auch wenn sie nicht gravierend sind. So hat dich nun also der erste Engel in meinem Angebot angesprochen, der mit dem Namen «Mut zur Veränderung».

Und ja, es ist immer wieder eine Herausforderung, uns aus den alten Schalen zu befreien und uns in die Unsicherheit des Neuen hineinzubegeben. Die Krebse leben uns das ja so schön vor, und der gute alte Hermann Hesse hat es auch so trefflich formuliert: «Wie jede Blüte welkt und jede Jugend ... blüht jede Weisheit auch und jede Tugend zu ihrer Zeit und darf nicht ewig ... Es muss das Herz ... bereit zum Abschied sein und Neubeginne ... in andre, neue Bindungen zu geben. Und jedem Anfang wohnt ein Zauber inne ...»

Das kennen alle, das vom Zauber, meine ich, aber den Schluss des Gedichts, den vergisst man gern: «... Nur wer bereit zu Aufbruch ist und Reise, mag lähmender Gewöhnung sich entraffen ... Des Lebens Ruf an uns wird niemals enden ... Wohlan denn, Herz, nimm Abschied und gesunde!»

Ein Herz, das gesund werden will, braucht die Veränderung.

Würdest du mir zu deinen Manuskripten doch noch etwas mehr verraten? Der Kurztext, der auf den Buchdeckeln jeweils steht, ist ja ganz wichtig, damit es den Leser packt. Wie würde dieser lauten? Und wo ist der Spannungsbogen? Der ist mir wichtig. Da wäre ich gespannt darauf.

Liebe Grüsse
Viktor

Betreff: Spannungsbogen

Lieber Viktor, das Gedicht von Hesse begegnet mir nun innert kurzer Zeit das zweite Mal. So ziehen wir die Dinge an, die für uns bestimmt sind.

Und dann zu deinen Fragen: Wenn du Spannungsbogen sagst, erscheint mir im Bild die Geige. Da sind Bogen und Saiten gespannt, aber entscheidend ist der Klang. Und so wähle ich aus jedem Manuskript ein paar Zeilen aus und lasse die Saiten klingen.

«Das Geschenk» (übers Wochenende hat «ich – dich – auch» einen neuen Titel erhalten): «... Aber klar, warst du dabei. Ohne dich gäbe es die Geschichte nicht. Und doch: Du bist meine Zeugin für das, was niemand mir sonst glaubt. ‹Keeps me searching for a heart of gold and I'm getting old ...›, Neil Young. Lies bitte, dann weisst du, was ich meine. Gut, warst du dabei, so kannst du meine Zeugin sein, und niemand denkt: Diese Geschichte ist zu schön, als dass er sie wirklich erlebte. Den Schluss zumindest hat er sich erdacht. Du weisst, liebe Rosa, dass selbst der Schluss sich genau so ergab. Ich bin froh, dass es dich gibt. Du kannst meine Geschichte bezeugen. Herzlich und in Liebe, Ben.»

«Erde an Scotty!»: «... Und nun kann ich mit dem Schreiben beginnen. Es wird ‹Erde an Scotty!› heissen. Danke für deinen Tipp. Ich schreibe ein Plädoyer für den Wert der Unvernunft. Die folgenden Bilder sollen mich begleiten: Niki de Saint Phalle, die mit Sprengstoff im Handgepäck über den Atlantik fliegt, während ein Unbekannter auf dem Sitz neben ihr raucht und raucht und raucht. Sie kann ihm schlecht sagen, er solle es bleiben lassen, sie sitze auf Dynamit. Und dann das zweite Bild, eigentlich eine Serie von Bildern: Niki und Jean, das Künstlerpaar, vergraben Bomben im Boden der Wüste Nevada und jagen ihre Kunst in die Luft.»

«Flugjahre oder die Reise ins Glück»: «Das Festliche, das orgelt und glänzt und das ganze Dorf erfasst, ist zugleich – war es, um es richtig zu sagen – das Festgefügte seit Jahr und Tag, überliefert seit Generationen. Und wenn es dir abhanden kommt, das liebgewonnene Alte, verlässt dich der Halt und verlierst du den Stand unter deinen Füssen. Die einen fliegen in diesem Moment, andere kämpfen mit aller Kraft und scheuen auch nicht die Gewalt, wenn es darum geht, was fliegen muss, auf dem Boden zu halten.»

«Monte Verità – Wie das Wunder geschah»: «... Und die Künstler waren es wieder, die vor 25 Jahren dem Berg neues Leben einzuhauchen begannen. Kein neues Leben, würde der Geomant dazu sagen, weil in seinem Konzept die alten Kräfte nie erloschen sind. Und ich selbst mit meinem Konzept, in dem alles Geschichten sind – Geschichten, Schichten, Schicht um Schicht, und darin Fragen über Fragen –, würde davon erzählen, wie sie alle zur richtigen Zeit am richtigen Ort waren. Wie auch wir gestern wieder, auf dem Monte Verità, oder ich letzte Woche, als ich die Gelegenheit bekam, der Hellseherin in Zürich, von der ich dir erzählte, ein paar Fragen zu stellen.»

«Engelberg – Am Ende der Welt»: «Es war kein Zufall, dass wir uns in spirituellen Dingen fanden. Du, die Schamanin und ich, der Handaufleger, die wir einmal waren. Die Künstlerin und der Künstler entwickelten sich daraus. ‹Der Mensch ist des Menschen Medizin›, wie Paracelsus sagte. Wir könnten es auch Seelsorge nennen. Seelsorge, so verstanden, geht über die Kirchen hinaus. Jeder für jeden da, wann und wo wir sind.»

Und wenn ich es noch auf den Punkt bringe und in zwei, drei Sätzen sage, was meine Bücher sind, zum Beispiel im Klappentext: Meine Bücher sollen Mutmacher sein für Menschen, die eigene Wege gehen. Ich weiss, wovon ich rede. Ich habe selbst um Mut gerungen.

Herzliche Grüsse

Ben

PS: Ich schreibe noch immer viel von Hand. Aber das Mailen ist schon praktisch. Und auch das Bücherschreiben geht mit dem Computer leichter.

Betreff: Verlag

Lieber Viktor, wieder einmal erkenne ich: Es hat alles seine Zeit. Mit deiner Hilfe, die als Frage daherkam, hörte ich es klingen. Dann fasste ich es in Worte, und dann stiess ich auf einen Verlag, den ich jetzt anschreiben will. Es geht um «adeo» in München. Ich würde es gerne sehen, wenn meine Bücher dort erscheinen. Der Name «adeo» bedeute zweierlei, sagen sie auf ihrer Website: der Mensch, der unterwegs ist hin zu einem Ziel zum einen, und «von Gott» zum anderen.

Ich stelle es mir so ähnlich vor, wie es die Sufis sagen:
Du gehst einen Schritt und Gott kommt dir 99 Schritte
entgegen. Mein Schritt führt jetzt nach München.
Herzliche Grüsse
Ben

Betreff: Danke

Lieber Viktor, noch einmal und ganz kurz: Was
gestern auf die Post ging, habe ich gerade noch einmal
gelesen. Es kling ganz wunderbar. Deine Hilfe war wirklich Gold wert. Halte Gegenrecht, wenn sich die Gelegenheit ergibt.
Herzliche Grüsse
Ben

Betreff: e103

Hallo Viktor, der Engel ist eingetroffen. Er gefällt mir
gut. Es bleibt dabei, dass ich ihn kaufe. Nun brauche ich
nur noch deine Rechnung und die Angaben zu deinem
Konto, sodass ich meine Schuldigkeit begleichen kann.

Und dann schicke ich dir bei dieser Gelegenheit noch
eine Geschichte mit. «Heilige Familie» heisst sie, und sie
ist meine neuste für die «Leben & Bewegen». Sie hat sich
in den letzten Tagen ergeben. Diese Geschichte enthält
die Essenz meines Schreibens, irgendwie sogar die

Essenz meines ganzen Wirkens. Ich habe diese Geschichte geschrieben und dann habe ich sie gelesen und noch einmal gelesen und dann sah ich plötzlich klar. Jetzt weiss ich, was in all den Jahren, die ich hinter mir habe, geschah. Der Anwalt, der eine Leere empfand, ging auf den Weg des Heilens. Der Heiler fing an zu schreiben. Aus dem Schreiber wurde ein Erzähler. Und jetzt ist das plötzlich alles gleichwertig. Oder gleich-gültig könnte ich auch sagen. Entscheidend ist für mich, dass ich zu mir fand. Alles andere ist Zugabe.

Dir und deiner Familie wünsche ich frohe Weihnachten und dann auch alles Gute für das neue Jahr. Auf dass euer Start in den neuen Lebensabschnitt im nächsten Sommer gelinge und euch viel Freude bereite!

Herzliche Grüsse

Ben

AW: e103

Lieber Ben, Herzlichen Dank für deine Mail und für den Kauf des Engels. Freut mich natürlich, dass er dir auch in natura gefällt. Mir selber hat er immer auch gut gefallen. Er hing lange bei uns im Flur, wo ich ihn täglich sah. Für mich hat er deutlich eine männliche Qualität. Schön, dass er nun bei dir seinen Platz gefunden hat.

Deine Weihnachtsgeschichte werde ich gerne lesen – aber nicht mehr heute Abend. Bis Weihnachten sind es noch ein paar Tage, dann ist die Zeit dafür da.

Danke für die guten Wünsche, die ich gern auch dir und deinen Lieben schicke. Glück und Segen für alle weiteren Schritte auf euren Lebenswegen. Und ich freue mich auf eine Begegnung – irgendwann demnächst?
Liebe Grüsse
Viktor

PS: Die Rechnung findest du im Anhang.

AW: e103

Lieber Viktor, ich muss mich noch einmal melden, weil ich den Anhang nicht öffnen kann. Die Computertechnik hat bei mir zwar Einzug gehalten, aber, in gewissem Sinn, auf meine eigene Weise. Das heisst, ich bin nach wie vor keiner von den Schnellen. Oder anders gesagt: Ich bin nicht auf dem neusten Stand, und daher kann ich den Anhang deiner Mail nicht öffnen. Aber ich möchte den Anhang öffnen, sodass ich die Rechnung begleichen kann, wie sich das gehört. Was machen wir nun mit meinem Problem? Was schlägst du vor?

Und dann noch zu e103: Mir gefällt dieser prosaische Name ausgesprochen gut, es macht mir Freude, ihn so zu nennen. Ihn, den Engel mit der männlichen Qualität. Er hing bei euch im Flur, sagst du?! Es ist halt schon alles ein wenig verrückt. Ich meine die Zusammenhänge. Seit ich den Engel erhalten habe, frage ich mich, wo er hängen soll bei uns. Im Gang im oberen Stock, dachte ich, an der hohen Wand, die bis hinauf zum Dach reicht, wo ich ihn immer wieder sehe, das wäre der richtige Platz. Irgendwie sucht der Engel also auch bei uns einen ähnlichen Platz, wie er ihn bei euch schon hatte.

Und noch etwas möchte ich dir sagen: Mir ist in diesen Tagen auch bewusst geworden, was es *auch* war, das ich in den letzten Jahren erlebte. Wäre ich in einem Anstellungsverhältnis gestanden und hätte ich funktionieren müssen, wie man – Mann! – funktionieren muss, wäre es wahrscheinlich nicht mehr gegangen. Vielleicht hätte man beim Mann ein Burnout diagnostiziert. Da ich selber mein berufliches Leben gestalte, ging es anders. Das Schreiben hat mir geholfen. Ich konnte viel in meine Geschichten legen. Und ich habe, was ich schrieb, unzählige Male gelesen. Das ist ja die Aufgabe des Schreibers, wie ich sie verstehe. Schreiben, lesen, schreiben und immer etwas verändern. Der Schreiber entwickelt sich mit. Und jetzt weiss ich erst recht, dass meine Bücher, wenn sie Bücher sind, reif sind für die Leser. Der Autor ist es auch. Zugleich aber weiss ich auch – und das ist das Verrückte –, dass für mich persönlich nicht die Bücher das Entscheidende sind, sondern ... Aber das habe ich ja schon gesagt.

So bitte ich nun nur noch um deine Rechnung in einer Version, die ich mit meinem Uraltcomputer – schon unglaubliche acht Jahre alt! – tatsächlich öffnen kann. Danke im Voraus und danke noch einmal, dass du mir behilflich warst beim letzten Schliff an meinen Manuskripten. Die Frage, die du mir stelltest – ich weiss nicht mehr, wie sie lautete, aber ich weiss, dass sie wichtig war – hat mir sehr geholfen. Du, Viktor, bist ein Heiler, und ein Künstler bist du auch. Aber das weisst du natürlich längst.

Ein Therapeut warst du auch schon als Lehrer. Das war mir schon klar, als wir noch Schule machten. Habe ich dir das damals nicht sogar hin und wieder zum Vorwurf gemacht, wenn du deinen Schülerinnen und Schülern mehr geben wolltest, als du als Lehrer und wir als Schule den Kindern geben konnten? Vielleicht haben wir ja beide in jener Zeit in einem ähnlichen Zwiespalt gelebt? Mehr geben wollen, als der Rahmen erlaubt? – Ich habe mich auch gefragt, ob e103 einen Rahmen braucht. Nein, das braucht er nicht, das ist mir jetzt klar geworden. Und jetzt könnte ich mich schon wieder ans Schreiben einer Geschichte machen. Gut möglich, dass die Geschichte, die ich als nächstes schreibe, «e103» heisst.

Und ja, auf die Begegnung mit dir, mit euch, freue ich mich auch.

Herzliche Grüsse
Ben

PS: Neue Technik im neuen Jahr! Das ist mein Vorsatz. Seit eineinhalb Jahren wartet bei mir ein neuer Laptop darauf, dass ich ihn aktiviere. Wie gesagt: Bin keiner von den Schnellen.

5.

Lieber Thomas

Wir, deine Mutter und ich, haben etwas Verrücktes gemacht. Eigentlich machten wir schon oft verrückte Dinge, aber es ist uns meistens gelungen, sie als vernünftig zu deklarieren. Dieses Mal war es anders. Wer geht schon zwei Abende hintereinander in das gleiche Konzert! Eine Gospelshow in Zürich, eine amerikanische Truppe auf Tournee durch Europa. Wir erhielten die Tickets geschenkt. Rosa schenkte sie mir für die Show vom Freitag, und ich habe ihr das Gleiche für den Tag davor geschenkt. Irgendwie, dachten wir beide, wäre das etwas für uns.

Wir dachten das Gleiche und schenkten das Gleiche, und dann suchte ich darin einen Sinn. In diesem Fall, so wollte es mir scheinen, ginge es darum, für einmal etwas zu machen, das einfach sinnlos blieb. Rosa machte mit, und Rosa blieb pragmatisch: «Wir gehen hin, weil wir die Tickets haben.»

Ich habe es «Sinnsuche» genannt, auch in der Vergangenheit, wenn ich etwas Verrücktes machte. Auch wenn ich zu Leuten ging, die auch Verrücktes machten, das man nicht erklären kann. Sie konnten es erklären, wie ich es erklären kann, wenn ich einen Sinn entdecke. Für die anderen bleibt es ein Rätsel.

Auch für dich blieb manches rätselhaft, was ich suchte und was ich fand. Du bliebst überwiegend skeptisch. Ein Problem war und ist das nicht, denn jeder muss selbst entdecken, was für ihn bestimmt ist. Dann erfährst du als wahr, was deine *Wahrheit* ist.

Und wenn einer Wahrheit sucht, dann findet er auch Wahrheit. Bei den Wahrheitssuchern war ich auch. Das war eine kuriose Erfahrung, und wertvoll war sie auch. Eines schönen Tages steckte mir eine Bekannte, die um meine Interessen wusste, eine Adresse zu und sagte, das seien die Wahrheitssucher, das wäre etwas für mich. Und das war es tatsächlich auch, aber anders, als sie meinte. Oder anders, als ich dachte, sie hätte es gemeint. Es hat perfekt gepasst.

Von Herzen
Dein Vater Ben

PS: Was ich auf meiner Pirsch nach Wissen und Erkenntnis erlebte, schrieb ich ins Tagebuch. Wenn ich es wieder lese, bringt es mich zum Schmunzeln, und manchmal staune ich auch, wie sich die Dinge fügten.

Wahrheitssucher

Dienstag, 16. September 2003

Letzte Nacht im Traum: Ich war mit ein paar Leuten zum Essen. Wir sassen im Freien, Vögel kamen geflogen. Seltsame, mir unbekannte Vögel, sehr zutraulich. Die Vögel kamen uns nah. Einer von ihnen sass auf meiner Hand. Jemand anderem am Tisch setzte sich ein Vogel in den Teller, kaum dass das Essen serviert worden war, mitten in die Sauce ...

Mittwoch, 17. September

Gestern habe ich einen Brief verfasst an eine Frau in Baden. Mit dem Brief und dieser Frau hat es eine besondere Bewandtnis ... Am Tag zuvor führte ich ein Gespräch mit Paul ... Und plötzlich war die Erinnerung da an die Adresse, die ich vor ein paar Jahren zugesteckt erhielt, um sie irgendwann zu verwenden. Nun war die Zeit gekommen, um die Frau zu kontaktieren. Die Frau und ihren Mann, die einen Kreis der «Wahrheitssucher» betreiben, die sich auf Daskalos berufen, den Heiler, Lehrer und Meister, der auf Zypern lebte und wirkte und über den man Bücher schrieb. Als ich «Der Magus von Strovolos» las, am Anfang meines Suchens, war ich tief berührt. Beeindruckt war ich auch. Inzwischen sind Jahre vergangen. Ich habe viel gelesen und habe viel erlebt, sodass ich nun weiss, was ich will, und auch, was ich nicht mehr will. Den Austausch mit Gleichgesinnten suche ich noch immer, ein gegenseitiges Befruchten in möglichst grosser Freiheit. Eine alleinseligmachende Heilslehre wäre mir aber zuwider. Mein Schreiben an die Frau soll klären, wie und wo mein Suchen weitergeht. – Wenn das jetzt nicht mein Ort ist, kann ich die Adresse entsorgen.

Und was Paul anbelangt: Für das plötzliche Erkennen im Gespräch gab es einen Grund. Ich war in diesem Moment nicht nur sein Rechtsberater. Ein Wort gab das andere, und so hat mir Paul auch erzählt, dass er zurzeit in einer Theatertruppe spiele, mit Aufführungen im nächsten Monat in Baden. Er spiele einen Anwalt.

Der Anwalt in Baden ein Zeichen?, fragte ich mich, und die Adresse fiel mir ein, die ich seit einiger Zeit verwahrte.

Samstag, 20. September

Träume letzte Nacht: ... In einem zweiten Traum – der erste Traum geht nahtlos in den zweiten über – ...

Es kommen mir Gedanken, ich schreibe sie auf und stecke die Zettel in die Hosentasche, und bei Gelegenheit übertrage ich, was ich schrieb, in mein Tagebuch.

Ein erster Zettel ... Ein zweiter ... Und auf dem dritten Zettel steht: Thomas kommt von der Arbeit nach Hause und fragt – sie haben im Büro darüber gesprochen – ob ich wisse, wo die Gretchenfrage vorkomme.

Natürlich weiss ich das: bei Goethe, im Faust!

Richtig, gibt er zur Antwort. Und ob ich auch wisse, was es bedeute, was die Gretchenfrage sei.

Ich wisse es nicht, sage ich.

Und er: Es gehe um den Glauben.

Dienstag, 23. September

Gestern ging mein Brief an die «Wahrheitssucher» weg. Jetzt war die Zeit gekommen, nun wollte ich es wissen.

Samstag, 27. September

Im Traum letzte Nacht: ...

Mein Brief ist angekommen. Am neuen Ort, wo Gerlinde und Günther – so nenne ich sie seit dem Anruf – mittlerweile wohnen. Das Timing stimmte perfekt. Sie haben den Brief am Mittwoch in Empfang genommen, mit einem Tag Verzögerung wegen ihres Umzugs, und sie riefen mich am Donnerstag an. Der Zufall wolle es, dass gerade heute Abend, sagten sie, Panayiota, die Tochter von Daskalos, bei ihnen auf Besuch sei. Ich sei herzlich eingeladen, zum Treffen der Gruppe zu kommen, falls ich kommen möchte und ich es einrichten könne.

Ich sagte zu und ging hin.

Ich kam gegen 20 Uhr an, die anderen waren schon da. Die Begrüssung war noch ein wenig verhalten auf beiden Seiten. Sie hatten schon begonnen und machten weiter mit ihrer Sache. Günther führte durch das Gespräch. Er las aus einem Text des Meisters, er stellte Fragen und lehrte. Seine Frau unterstützte ihn ...

Wie immer, dachte ich, es ist wie überall, und das ist es nicht, was ich will.

Im Laufe des Abends erkannte ich dann aber Nuancen. Zum Beispiel, als eine Frau aus dem Kreis sich wünschte, eine konkrete Aufgabe zu erhalten. Es ging ihr darum, das hier und jetzt Gehörte bis zum nächsten Treffen im Alltag zu vertiefen. Ihr Wunsch war so gemeint, dass Günther oder Gerlinde ihr eine Aufgabe stellen sollten. Günther aber spielte den Ball zurück. Ihr sei es ein Anliegen, dann wisse sie sicher auch, wie sie selbst ihre Aufgabe formulieren möchte. Er bat sie, es selbst zu tun.

Die Freiheit, die in Günthers Geste lag, hat mich berührt.

Im Anschluss an das Textstudium und an das Lehrgespräch werden Fragen an Panayiota gestellt, und sie erzählt von ihrer Kindheit, und sie erzählt auch von der Mutter, die früh verstorben war. Den grossen Daskalos schildert sie als ihren liebenden Vater.

Unser aller Vater war er auch, sagt sie, und sei er im Geist noch immer, wenn wir das so haben möchten.

Jemand aus der Runde will wissen, ob sie etwas sagen könne zum Umstand, dass die Zeit immer schneller werde. Panayiotas Antwort ist verblüffend einfach. Die

Hetze der Menschen sei der Grund. Wir hetzten und machten die Welt schneller und schneller und schneller. Und unser stetiger Blick nach aussen sei es auch. Würden wir aber umkehren und den Blick nach innen wenden, dann trete Ruhe ein. Von der Erdkugel spricht sie auch: Aussen dreht und dreht es, aber das Zentrum bleibt am Ort.

Mir kommt, während sie spricht, der Wirbelsturm in den Sinn. Ein Bild in der Zeitung. Die Wolken von oben gesehen, aus dem All. Eine Satellitenaufnahme. Ein dichtes Wolkenband verläuft spiralig im Kreis. Riesig ist das Ganze, und dabei bewegt sich alles der Mitte entgegen und aus der Mitte heraus, und im Zentrum herrscht absolute Ruhe. Das Auge des Taifuns.

Die Mitte im Auge heisst Iris. – Iris heisst auch eine Frau, die in der Runde sitzt. Im Gespräch zwischen ihr und Panayiota geht es um die Kinder.

Und Panayiota erzählt noch einmal von ihrem Vater: Er sei nicht anders gewesen als wir, ein Mensch ganz einfach. Sich selber sei er gewesen, das sei er immer geblieben. Er habe getan, was er tun musste. Er habe sich nicht darum gekümmert, was andere davon hielten. Er habe sich nichts daraus gemacht, wenn andere ihn verlachten.

Sonntag, 28. September

Im Traum letzte Nacht: Ich bin mit vielen Leuten zusammen, ich kenne die Leute nicht. Nur ein Mädchen kenne ich. Es ist nicht meine Tochter, und doch ist es meine Tochter. Ich liebe das Mädchen wie mein eigenes Kind. Das Mädchen sitzt mir auf dem Schoss, ich halte es mit den Armen umschlungen. Es erzählt von seinem Traum. Ich sage, dass es ein wunderschöner Traum sei.

Und noch einmal zum Abend mit den «Wahrheitssuchern»: Nach der Fragerunde mit dem Gast aus Zypern geht es bei Kaffee und Kuchen weiter. Ich rede eine Weile mit Günther. Er strahlt viel Wärme aus, Herzlichkeit und Liebe, er hat die Menschen gern. Er erzählt von seinem Weg. Er war Pfarrer in einer evangelischen Gemeinde. Sein Zwiespalt, sein Kämpfen in und mit der Kirche, davon erzählt er auch. Er erzählt von seinem Suchen, von dem Vielen, das er und seine Frau unternommen hätten, wie weit sie zusammen reisten.

«Ach, wo waren wir nicht überall», sagt Günther. Bei den Indianern, bei den Sufis, auch bei Sai Baba hätten sie gesucht. Bei Daskalos habe er gefunden: Seine Lehren und sein Leben, und das alles eingebettet in die eigene christliche Welt.

In allen Gesprächen an diesem Abend spüre ich, dass sie mich willkommen heissen. Sie würden sich auch freuen, wenn ich wieder käme. Und doch ist etwas da, das mich nicht einfach Ja sagen lässt, nicht ohne Vorbehalt. Und auf der Heimfahrt begleitet mich ein Gefühl von Leichtigkeit, die der Abend bei mir weckte.

Und am Morgen danach – eine Nacht darüber geschlafen – ist mir klar, dass ich mich den «Wahrheitssuchern» nicht anschliessen will.

Im Gespräch mit Günther, persönlich und in der Runde, ging es auch um die Kirche und ihre Macht. Auch vom Missbrauch der Macht war die Rede.

Ich ziehe daraus meine Schlüsse: Was ist die Macht der religiös-spirituellen Gemeinschaft anderes, als die andere Seite von dem, was wir Geborgenheit nennen?! Das eine gehört zum anderen dazu.

Geborgenheit oder Freiheit? Meine Freiheit geht mir vor.

Und als ich am Abend vor zwei Tagen über dem Reusstal meinem Ziel entgegen fuhr, zeigte sich ein wunderbares Abendrot, ein warmes Feuer am Himmel. Mich erinnert es, während ich hier schreibe, an mein Kalenderblatt für diese Woche, mit dem Sinnspruch, der passt: «In dir muss brennen, was du in anderen entzünden willst.»

Montag, 29. September

...

Mittwoch, 1. Oktober

...

Freitag, 3. Oktober

...

Sonntag, 5. Oktober

«In dir muss brennen, was du in anderen entzünden willst.»

Es geht mir nicht aus dem Kopf. Ich weiss, wie ich es mache. Ich erzähle meine Geschichte und bin mir dabei bewusst, dass ich immer wieder, dauernd, Geschichten erzählt erhalte. Geschichten, die das Leben schreibt.

Ich will anstecken mit meinem Erzählen. Ich will bewusst machen, wie wertvoll unsere Geschichten sind, so klein sie im Moment auch scheinen, wenn wir sie erleben.

Montag, 6. Oktober

...

Mittwoch, 8. Oktober

...

Sonntag, 12. Oktober

Ich will schreiben und zugleich will ich auch nicht. Ich stehe vor der Frage, die ich mir oft schon stellte: Ob ich weiterschreiben soll?

Eigentlich bin ich des Aufschreibens müde. Aufschreiben ist meine Form, die Dinge festzuhalten …

Donnerstag, 16. Oktober

Im Traum letzte Nacht: Ich war in einem fremden Land und wurde geköpft. Der Kopf war weg, und trotzdem lebte ich weiter. Ich sah, ich hörte, ich lief herum, alles ohne Kopf. Kopflos … Ums Loslassen geht es auch …

Maren und Lena waren in Griechenland. Heute kam – sie selbst sind seit einer Woche zurück – ihr Kartengruss bei uns an. Von den «alten Geschichten der Griechen» schreiben sie, und sie stellen die Frage, ob es auch neue Griechen-Geschichten gebe. Sie fragen nur rhetorisch. Ihnen und uns ist klar, dass es überall und jederzeit Geschichten um Geschichten gibt. – Und dann wird Geschichte daraus, wenn die Zeit vergangen ist und man vergessen hat, dass es einmal Geschichten waren.

Sonntag, 19. Oktober

…

Montag, 20. Oktober

Gestern Abend schrieb ich an die «Wahrheitssucher». Ich teilte ihnen mit, dass ich ihrem Kreis nicht angehören werde, obwohl es mir wohl war bei ihnen.

Mittwoch, 22. Oktober

Es passt wieder einmal zusammen: Almendro, der Mandelbaum. Gestern Abend im Fernsehen eine Doku über die Almendro-Bäume im Urwald von Costa Rica. Mächtig grosse Bäume, die auch die Heimat der farbenprächtigen Ara-Papageien sind und noch vieler anderer Tiere. Sie alle ernährt der Baum mit seinen Früchten. Ein rosafarbenes Blütenmeer. – Rosa ist die Farbe des Herzens.

Am Samstag ist Thomas aus den Ferien zurückgekehrt, er war auf Gran Canaria. Mandelprodukte hat er uns mitgebracht. Für mich eine Mandelkonfitüre, und Rosa erhielt einen Kuchen. Almendro da wie dort.

«Almendro – der Baum des Lebens» hiess der Film. Und im Buch, das ich derzeit lese, komme ich jetzt an die Stelle, wo der alte Mann die Geschichte vom Lebensbaum erzählt.

Bis hier schrieb ich heute Morgen.

Jetzt ist es Abend geworden. Noch einmal nachgelesen: Auf den Süssigkeiten von Gran Canaria steht Almendra, nicht Almendro. Almendra ist die Frucht, Almendro heisst der Baum. Der kleine Unterschied. Und keiner kann dir sagen, wo die Geschichte beginnt – und wo die Geschichte endet.

6.
Lieber Thomas

*Jetzt bist du Pate geworden. Dein Patenkind, das noch ein
Baby ist, ist die Tochter deines Freundes. Ihr seid Freunde
seit der Schulzeit.*

Bei mir war es auch so. Maurus, der dein *Taufpate wurde, kenne ich auch seit der Schule. Sieben Jahre waren
wir zusammen, und wir sind uns noch immer verbunden.
Wenn sich eine Gelegenheit ergibt für ein gemeinsames
Abenteuer, packen wir die Chance, und dann wird eine Geschichte daraus.*

*Ist es nicht schön, dass Freundschaften so lange halten?!
Das wünsche ich dir auch. Ich wünsche es dir von Herzen.*

*Herzlich
Dein Vater Ben*

Neue Lieder

Gut, gibt es die Psychiater! Und gut, habe ich einen von ihnen zum Freund! Die Geschichten der Psychiater sind anders, als die Juristengeschichten sind, die ich tagtäglich schreibe: Klagen, Beschwerden, Plädoyers, scharfe Briefe und E-Mails.

Maurus hat mich gefragt, ob ich mit ihm in die Weiterbildung gehe, er kennt mein Flair für Geschichten. Das Thema des Symposiums lautet: «Märchen und Mythen heute», und Referenten mit Renommee. Der Ruf von Eugen Drewermann, dem streitbaren Theologen, der auch ein Psychoanalytiker ist, war zu mir gelangt, als er vor zwanzig Jahren seinen Kampf mit der Kirche focht. Wolfgang Schmidbauer kannte ich noch nicht, er ist aber für Menschen in Heil- und Pflegeberufen, wie ich zur Kenntnis nahm, eine anerkannte Grösse. Sein Buch «Die hilflosen Helfer» – mit dem Begriff des Helfersyndroms – war eine Wegmarke für viele. Die Wertschätzung, die Ärztinnen und Ärzte, Pflegende, Therapeutinnen und Therapeuten für diesen Mann empfinden, war am Symposium zu spüren. Die Einführung ins Thema machte die Chefärztin der Klinik über dem Zugersee, vis-à-vis von Rigi und Pilatus, die zum Symposium eingeladen hatte.

Man habe in die Kapelle zügeln müssen wegen dem grossen Interesse, in ihren grössten Raum, sagte sie zu Beginn.

Was sie Kapelle nannte, war eher eine Kirche, hoch, barock und hell. Neubarock, hat sie gesagt, und vom Altarbild in ihrem Rücken sprach sie. Der Altar sei echter Barock, aus dem 17. Jahrhundert, aus der Kirche des aufgelösten Kapuzinerklosters in Baden. Das Altarbild ist aussergewöhnlich: Der heilige Franz von Assisi, der mit den Tieren sprach, unter dem Kreuz von Jesus. Historisch stimmt es nicht und auch nicht geographisch. Um den Sinn der Darstellung geht es.

Die Fussball-EM in Polen und in der Ukraine ist Geschichte. Auch die Iren, in Danzig und in Posen, haben Geschichte geschrieben. Auf dem Spielfeld waren sie bescheiden. Auf den Tribünen fand ihre Party statt, wenn wir es Party nennen. Eine Party ist eigentlich ein Fest. Ein Fest ist fröhlich – meistens. Die Party der Iren war traurig. Die Vorrunde in ihrer Gruppe beendeten sie mit null Punkten, mit einem erzielten Tor und mit neun Gegentreffern. Die Iren hatten Spanien, Italien und Kroatien zum Gegner. Ich sah ihre Spiele nicht. Überhaupt sah ich kein einziges ganzes Spiel an dieser EM. Ich schaue selten Fussball, aber ich erzähle gern davon. Fussball lässt mich nicht kalt.

Ich lese Fussball, was in der Zeitung steht. Das Schönste, was ich las an der EM 2012, geschah am 14. Juni im Stadion von Danzig, Spanien–Irland 4:0. «Das Lied der Verlierer» titelte meine Zeitung eine Woche später, als die Iren heimreisen mussten. «Die singenden Iren werden uns fehlen», schrieb der Berichterstatter auch. «Die Iren müssen nach Hause. Am Montag verloren die ‹Boys in Green› ihr drittes Spiel. Auch gegen Italien gelang ihnen kein einziger Punkt.

Das Ausscheiden geht in Ordnung: Das beherzte, klobige Spiel der Iren reicht nicht für den Viertelfinal. Leidtun muss es einem um die irischen Fans. Wie das Orchester auf der sinkenden Titanic haben sie drei Spiele lang den eigenen Untergang vertont und Europa beeindruckt.»

Von den singenden Verlierern ist die Rede. Griechenland kam weiter. Im Voraus glaubte man nicht, dass die Griechen das schaffen würden. Griechenland kam, dem Glauben zum Trotz, bis in den Viertelfinal, wo sie auf Deutschland trafen. Gegen Deutschland war dann Schluss.

Griechenland und Irland haben eines gemeinsam: Sie spielen in der Volksmusik auf der Bouzouki. Die griechische Bouzouki ist alt. Die erste irische Bouzouki aber hätten findige Musiker in den 1960er-Jahren gebaut, habe ich gelesen, auf der Suche nach neuen Klängen. Das hätte ich nicht gedacht, dass die Bouzouki in Irland erst fünfzig Jahre alt ist. In der Volksmusik ist das kein Alter. Überhaupt ist Irland jung. Griechenland ist alt, die Wiege von Europa. Dass da wie dort der Euro Kapriolen macht, ist schicksalhafter Zufall. Oder es hat, wer weiss, mit der Bouzouki zu tun, die sie an beiden Orten leidenschaftlich spielen.

Die Zeitung also schreibt: «... und Europa beeindruckt. Als ihre Mannschaft gegen Spanien in der 83. Minute das vierte Tor kassierte, standen in den Rängen fast 20 000 Fans auf und hoben an zu ‹The Fields of Athenry›, dem traurigsten aller irischen Volkslieder. Sie sangen ohne Pause, bis zum Ende der Nachspielzeit und über den Schlusspfiff hinaus. Matchkommentatoren aller Länder verstummten, und auch daheim vor den Fernsehern gab es feuchte Augen.»

Für einmal bedaure ich, dass ich den Match nicht schaute, das hätte ich gern erlebt. Noch beim Lesen stellt es mir die Haare. Auch der spanische Trainer sei gerührt gewesen und habe anerkennend gesagt: «Die Iren haben uns gezeigt, worum es im Sport wirklich geht.»

Nicht nur im Sport, sage ich. Das todtraurige Lied, mit dem die irischen Fans europaweit berührten, handle von der Hungersnot vor 160 Jahren, lese ich in der Zeitung. Trotz aller Tragik strotze es aber vor stadiontauglicher Kraft. Seine Botschaft laute: Stolz trotz Niederlage.

Das habe gepasst zu den Iren an der Euro 2012.

«Was aber wäre bei einem Sieg gesungen worden?», stellt der Kommentator die Frage. Eine Antwort hat er nicht. Die Siegeshymnen würden den Iren fehlen, meint er auch, die irischen Fans würden viel zu gern traurige Lieder singen.

Aber eigentlich wollte ich von Jesus erzählen, nicht von der EM und vom Fussball. Vom Bild in der Kirche und von Franz von Assisi beim Kreuz. Jesus hängt nur halb am Kreuz, er steigt schon fast herab. Er strahlt den Mönch zu seinen Füssen an und legt ihm den einen freien Arm liebevoll um die Schultern, und Franziskus seinerseits umfängt mit beiden Armen Jesus um die Hüfte. Sie sind sich herzlich zugetan, zwei Menschen berühren sich. Und die Chefärztin der Klinik, wie gesagt, kam auf das Bild zu reden in ihrem Begrüssungswort. Aber was hat sie gesagt?

Ich kann mich nicht mehr erinnern, wie ich auch nicht mehr wirklich weiss, was die Referenten sagten. Es war zu viel aufs Mal. Ich bin ja nicht vom Fach, und so sei es mir verziehen, dass ich mich nur bruchstückhaft noch erinnern kann. Nur an eines erinnere ich mich genau, an den Moment nämlich, als der Theologe Drewermann seine Gefühle zeigte. Er war berührt von dem, was er selber sagte. Er sprach von einem Bild des Künstlers Edvard Munch: «Das Kind und der Tod». Im Vordergrund ein Mädchen, das augenfällig leidet, und hinter ihm die Mutter, die gestorben ist. Und dann sprach er auch davon, dass der Künstler selbst erst fünf Jahre alt war, als seine Mutter starb. Bei mir kam es so an, dass der Referent mit dem Künstler fühlte. Es hat auch zum Bild gepasst, zum Bild im Hintergrund. Zwei Menschen, die sich helfen. Und auch zur Frage passte es gut, die eine Frau aus dem Publikum stellte, und zur Antwort, die sie bekam. Es ging ums Mitgefühl. Der Mann am Rednerpult hat Empathie gesagt.

Das wollte ich noch sagen, vom Jesus in der Klinik, wo es um Mythen ging und um die Frage, wie viel sie uns bedeuten. Von modernen Mythen sprachen die Referenten auch. Zum Beispiel vom Mythos Geld oder vom Mythos Wachstum, das nie ende und das die Wirtschaft brauche. Auch dazu hat das Bild im Hintergrund gepasst. Es war ein Bild der Hoffnung, ein Bild, das Hoffnung macht. Es braucht das Mitgefühl der Helfer mit den Patienten. Der Patient ist meistens ein Mensch, und manchmal ist er ein Staat. Griechenland zum Beispiel, oder Irland oder ... Singende Verlierer seien sympathisch, schrieb der Zeitungsschreiber auch, aber für das nächste Tournier brauche Irland neue Lieder, damit es auch siegen könne.

Neue Lieder ja, aber ob es Siegerlieder sind, ist nicht wirklich wichtig. Hauptsache, die Iren singen! Und vielleicht auch Mitgefühl von Patient zu Patient zu Patient. Und dann stelle ich mir vor, wie die Iren wieder singen, mit den Griechen zum Beispiel, auch fröhliche Lieder vielleicht, und dass ihr Gesang Europa wieder beeindruckt.

7.
Lieber Thomas

Selbstvertrauen ist ein wichtiger Stoff, wie Sauerstoff fürs Leben. Selbsterkenntnis brauchst du auch, aber ohne das Vertrauen, dass das Erkannte richtig ist für dich, nützt alles Erkennen nichts.

Wertvoll ist auch das Selbstwertgefühl in einem gesunden Mass. Du musst wissen, dass das, was du zu bieten hast, wirklich wertvoll ist. Wertvoll zuerst für dich, aber auch wertvoll für die andern.

Du kennst den Spruch, den ich fürs Leben gern zitiere, du hast ihn schon oft gehört. Ich wiederhole wieder und wieder, was Henry David Thoreau vor zweihundert Jahren sagte. Seit der Mitte meines Lebens ist es mein Mantra geworden:

«Was vor uns liegt und was hinter uns liegt, sind Kleinigkeiten im Vergleich mit dem, was in uns liegt, und wenn wir das, was in uns liegt, in die Welt hinaustragen, geschehen Wunder.»

Dabei meine ich nicht das Wasser, das sich unverhofft, zur Freude der Hochzeitsgäste, in feinen Wein verwandelt, und ich meine auch nicht den Lahmen, der mit der Bahre unterm Arm seines Weges geht. Ich meine die Wunder, die Tag für Tag geschehen. Und ich meine auch die Wunder, die ich über all die Jahre wieder und wieder erlebte. Das Wunder, dass ich nicht aufgab. Mein Vertrauen wuchs von Mal zu Mal – zu meinem eigenen Erstaunen. Ich habe zwanzig oder dreissig Mal eine Absage erhalten in meiner Büchersache. Bis zuletzt hat es mich kaum mehr geärgert, oder höchstens noch ein bisschen. Und manchmal dachte ich sogar: «Selber schuld der d...me Kerl, der seine Chance verpasst.» Bis ich so denken konnte, hat es aber gedauert.

Aber warum erzähle ich dir das? Du brauchst in dieser Hinsicht ja keine Nachhilfestunden, hast du nie gebraucht. Du warst ein Naturtalent. Am selbstbewussten Auftritt hat es dir nie gefehlt. Überhaupt hatte ich immer den Eindruck, dass du in dieser Hinsicht anders warst als ich.

Aber andererseits hast du dich, wo es ums Persönliche ging, auch nie so weit wie ich aus dem Fenster gelehnt. Oder du hast es schon gemacht, und ich weiss nur nichts davon. Muss nicht alles wissen, der Vater von seinem Sohn. Kann nicht alles wissen. Ist auch besser so.

Und weisst du, es hat auch seine gute Seite, wenn einer das Selbstvertrauen nicht geschenkt erhält. Erwirbst du es nach und nach, dann weisst du, wenn es da ist, was du Gutes hast.

Von Herzen
Dein Vater Ben

Selbstvertrauen

Betreff: Neue Geschichte

Lieber Frank, für die nächste Ausgabe der «Leben & Bewegen» hat sich eine neue Geschichte ergeben. «Heilige Familie» heisst sie. Bitte nimm sie entgegen und lösch die andere, die du schon hast.
Herzliche Grüsse
Ben

Betreff: Neue Geschichte

Lieber Frank, über Mittag kam mir noch ein Gedanke. Ich habe dich vor ein paar Wochen gefragt, wie du das siehst mit mir und deiner Zeitschrift, ob es weitergeht wie die letzten Jahre, oder ob ihr anderes im Sinn habt mit der Rubrik «Geschichte». Deine Antwort steht noch aus.
Wie auch immer sie ausfällt, es kommt mir nicht darauf an. Zu dieser Erkenntnis kam ich, als ich «Heilige Familie» schrieb. Oder wenn ich es anders sage: Ich konnte diese Geschichte schreiben, weil ich angekommen bin, wo ich ankommen musste – und wo ich ankommen wollte, auch wenn ich es mir nicht bewusst war. Diese Geschichte ist entweder ein schöner Abschied von der

«Leben & Bewegen», oder sie markiert einen Moment des Innehaltens und Erkennens. In diesem Sinn: So oder anders passt es, aber sag mir bitte trotzdem, wie ihr euch entscheidet.

Und dann benütze ich noch die Gelegenheit, um dir wieder einmal zu danken. Danke, dass ich bei euch meine Erfahrungen machen durfte. Und dann wünsche ich dir und deiner Familie schöne Weihnachtstage und einen guten Rutsch ins neue Jahr.

Herzliche Grüsse

Ben

Betreff: Meine Bücher

Lieber Frank, ich melde mich noch einmal im alten Jahr. Vom Münchner Verlag, zu dem ich wollte, habe ich eine Absage erhalten. Natürlich spüre ich den Frust, aber ich sage mir auch, dass die Erkenntnis den Aufwand lohnte. Es hat mir Klarheit verschafft.

Ich habe aus jedem Manuskript einen Text herausgenommen, der hinten auf dem Buch den Klang der Geschichte vermittelt. Diese Texte schicke ich dir im Anhang mit. Und dann habe ich der Liebesgeschichte, die «ich – dich – auch» geheissen hat, einen neuen Titel gegeben. Sie heisst jetzt «Das Geschenk».

Und dann habe ich noch Rückschau gehalten und dabei festgestellt, dass wir uns eigentlich im November schon treffen wollten, aber diese Absicht trat in den Hintergrund, als ich wieder einmal einen Verlag in

Deutschland für meine Bücher ins Auge fasste. – Dieser Verlag, wie gesagt, sagt ab, und daher nun meine Frage: Ist es jetzt an der Zeit, dass wir zusammensitzen? – Mit deiner Antwort eilt es nicht.

In den nächsten Tagen lasse ich die Büchersache ruhen, und im Januar schaue ich weiter.

Herzliche Grüsse
Ben

Betreff: Meine Bücher

Lieber Frank, ich hoffe, du hast das Jahr gut begonnen. Ich wünsche dir und euch nur das Beste für die restlichen 358 Tage. Uns wünsche ich das auch. Mit uns meine ich das, was wir gemeinsam unternehmen. Du erinnerst dich, dass ich im letzten Jahr einmal sagte, ich würde gern so weit kommen, dass ich eure Stiftung unterstützen kann. Das möchte ich erreichen, indem ich Bücher verkaufe.

Dass ich vor Weihnachten wieder einmal eine Absage erhielt, habe ich dir schon gesagt. Jetzt suche ich einen anderen Weg. Ich habe vor ein paar Tagen mit einem Unternehmer in spirituellen Dingen Kontakt aufgenommen. Der Mann ist mir unverhofft – aber zur richtigen Zeit – unter die Augen gekommen. Er wohnt in Österreich, ist selber Buchautor, war früher beim Fernsehen, organisiert Reisen, und und und. Er kennt wie kein Zweiter die Welt, in der ich meine Bücher auf die Reise schicken will. Nach einer ersten Kontaktnahme per Mail hat er gewünscht, dass ich ihm meine Sache strukturierter präsentiere, als ich es bisher machte. Und dafür bitte ich um deine Hilfe.

Können wir uns an einem Abend kurzfristig treffen? Mir geht es an jedem Abend ausser am Donnerstag, da proben wir im Chor.

Herzliche Grüsse
Ben

AW: Meine Bücher

Lieber Ben, ich bin heute und morgen Abend schon anderweitig beschäftig. Und dann muss ich für drei Tage nach Deutschland. Der nächste freie Abend wäre am Mittwoch nächste Woche.

Gruss
Frank

AW: Meine Bücher

Danke, Frank, für die rasche Antwort. Ich muss noch in mich gehen wegen nächster Woche. Du hörst von mir.

Herzliche Grüsse
Ben

Betreff: Meine Bücher

Lieber Frank, noch einmal zu dem, was ich heute Morgen schrieb. Nach dem Mailen mit dir war mir plötzlich klar, dass ich selber schreiben muss, was «mein Agent» erfragt. Ich machte mich ans Werk, und es kam gut heraus, wie ich den Eindruck habe. – Und dann geschah etwas Seltsames. Ich wollte die vorbereitete Mail ausdrucken, um sie mit Rosa zu besprechen. Um eine zweite Meinung ging es mir, ich war mir nicht ganz sicher. Und dann drückte ich unbewusst auf Senden – und so ist die Mail jetzt ungewollt schon weg. Und das Gespräch, das wir führen wollten, hat sich in diesem Sinn erübrigt.
Herzliche Grüsse
Ben

Betreff: Meine Bücher

Lieber Frank, der Agent will nicht. Ich dopple noch einmal nach, nehme jedoch an, dass sein Entscheid definitiv ist.
Umsonst war der Kontakt mit ihm trotzdem nicht. Mein Selbstbewusstsein ist wieder ein Stück gewachsen.
Ich komme überhaupt immer mehr zur Erkenntnis, dass das Vertrauen in mich selbst etwas Zentrales ist im Leben. Die einen haben es von Anfang an, die anderen arbeiten daran.

Und wenn ich Thoreau zitiere – mein allerliebstes Zitat: «Was vor uns liegt und was hinter uns liegt …» Aber das kennst du schon, ich sage es ja immer wieder.

Wie du weisst, ging es Thoreau darum, dass wir Wunder wirken. Und wenn wir wirklich wollen, dass *wirklich* Wunder geschehen – und das will ich unbedingt –, dann braucht es das Bewusstsein, dass für andere wertvoll ist, was man zu bieten hat. – Es braucht dann *mein* Bewusstsein, dass für andere wertvoll ist, was *ich* zu bieten habe.

Und so bin ich wieder ein paar Schritte weiter und würde jetzt doch gern von deinem Angebot Gebrauch machen, falls du den Termin nächste Woche noch frei hast. Mittwoch, sagtest du? Gilt das noch immer? Und ist es dir recht, wenn ich zu dir komme ins Geschäft? Für mich geht es jetzt um die Frage, ob wir in deinem Umfeld einen Weg in die grössere Öffentlichkeit finden, über die Zeitschrift hinaus. Bitte gibst du mir Bescheid, ob es am Mittwoch noch passt?

Wenn du andere Vorschläge hast, bin ich dafür offen.

Herzliche Grüsse

Ben

Betreff: Träumer

Lieber Frank, zu dem, was ich dir gestern schrieb, noch eine konkrete Idee: Kennst du das Buch «Der träumende Delphin» von Sergio Bambaren? In der Originalversion, die der Autor noch selbst verlegte, hiess es «The

Dolfin: Story of a Dreamer». Dieser Titel inspiriert mich: «Das Geschenk – Geschichten eines Träumers» heisst es jetzt bei mir. Ich sehe auch das Bild vorne drauf: ein Foto, das Rosa machte in der Schlucht beim Schloss Neuschwanstein. In diesem Bild – ich zeige es dir, wenn wir zusammenkommen – steckt der gleiche Zauber wie in meinen Geschichten.

Und zum konkreten Vorgehen mit meinem ersten Buch hätte ich auch noch eine Idee. Vor zwei Jahren prüfte ich ein Angebot der «edition punktuell». Ich setzte dann aber an anderen Orten meinen Weg des Suchens fort. Im Rückblick kann ich sagen: Es war gut, dass ich diese anderen Wege ging, meine Sache ist reifer geworden. Und jetzt greife ich auf die Unterlagen zurück, die sich damals ergaben. Bei der «edition punktuell» kann die Buchproduktion und -vermarktung Stück für Stück als Dienstleistung eingekauft werden. Du kaufst, was du brauchst. Den Rest machst du selber. – Du kennst vielleicht andere Wege.

Die Frage der Finanzierung stellt sich natürlich auch. Was könnt ihr in dieser Hinsicht tun? Vielleicht eine Art Gegenleistung für mein Erzählen bei euch in den letzten Jahren? Und vielleicht der Verkaufserlös der Erstauflage, von zum Beispiel 2 000 Stück, in die Kasse eurer Stiftung?

Logisch und stimmig wäre es auf jeden Fall, wenn «Das Geschenk» in deinem Umfeld erschiene, weil zehn von den dreizehn Geschichten schon bei euch in der Zeitschrift standen. Und auch «Tag der offenen Tür» habe ich für euch geschrieben, du hast sie aber nie erhalten, weil mir immer wieder eine andere dazwischen kam und mir diese eine Geschichte irgendwie zeitlos schien. Jetzt ist ihre Zeit gekommen.

Herzliche Grüsse

Ben

PS: Während ich diese Zeilen schrieb, ging deine Mail bei mir ein, dein Ja zum Termin nächste Woche. – Passt es noch immer für dich? Auch bei dem, was du von mir jetzt weisst? Für mich passt es bestimmt. So oder anders möchte ich nämlich auch wissen, wie es mit *deinen* Projekten läuft. Ich kann ab 18 Uhr. Ist es dir recht, wenn ich um diese Zeit komme? – Und noch etwas: Wenn du «Das Geschenk» lesen möchtest, sag es mir. Dann schicke ich es dir per Post oder per E-Mail, oder ich bringe es mit. – Und noch ein Letztes: «Das Geschenk» zu lesen, lohnt sich auf jeden Fall, obwohl du zehn Geschichten schon kennst. Drei wären also neu, und die dreizehnte – auch mich hat sie überrascht – ist sowieso ziemlich anders. Und auch in den Briefen steckt viel Schönes.

AW: Träumer

Bemerkenswert! Und ja, 18 Uhr ist i.O.
Frank, unterwegs, in Hamburg

8.
Lieber Thomas

*Erinnerst du dich, was du sagtest, als ich vom Schriftstel-
lerleben sprach? Von meinem Wunsch, ich möchte Bücher
schreiben? Ich könne dann Schriftsteller werden, meintest
du, wenn du ausgezogen seiest. Meine Vision vom Schreiben war dir nicht geheuer. Den Anwalt, der dein Vater
war, hast du gut gekannt, da wusstest du, was du hattest.
Was wir daran hatten, haben wir gewusst. Was kommen
würde auf dem neuen Weg, wussten wir alle nicht. Aber
trotzdem: Es musste sein, ich hatte es deutlich vor Augen.
Visionen hatte ich schon immer, das gehört zu meinem Leben dazu.*

*Kein Wahrsager bin ich, nein. Ich blicke nicht in die Kugel,
nicht in die Sterne, nicht in den Kaffeesatz und auch nicht
in die Runen. Was ich entstehen sehe, hat mit dem zu tun,
was ich denke und was ich tue, und auch mit dem, was ich
fühle. Visionen zeigen sich, wenn ich nach innen schaue.
Im Herzen, im Hirn, in jeder Zelle – ich weiss nicht, wo
genau – sind Bilder zu entdecken, die mich durchs Leben
führen. Mit diesem meinem Plan bin ich gut gereist. Visionen sind mehr als Träume, aber Träume sind sie auch.*

*Als ich mein erstes Buch in Angriff nahm, warst du neun-
zehn geworden. Du warst ein Jung-Kaufmann, hattest die
Matura vor Augen und danach dein Studium. Und nun ist
das alles Geschichte, und du bist ein Master in Business
und reist in Sachen Geld nach Hongkong, London, Tokio
und New York.*

Du würdest wahrscheinlich sagen: Es kam, wie es kam, es hat sich so ergeben, und das Glück war auf meiner Seite. Aber ich sage dir: Glück ist Glück, da hast du recht, aber du bist der Schmied, der das Eisen schlägt, wenn das Eisen glüht.

Mir scheint, dass es bei dir nicht wirklich anders ist, als es bei mir in den jungen Jahren war. In deinem Alter war ich weit davon entfernt, was ich erreichen wollte, eine Vision zu nennen. Auch mir hat es genügt, dass es vorwärts ging, im Beruf und in der Familie, im Leben ganz generell. Und so kann ich dir jetzt sagen: Visionen sind eine Frage des Alters. Mit den Träumen ist das aber anders. Auch du hast geträumt, als du ein Kind warst, auch wenn du es nicht mehr weisst.

Und was denkst du, was ich als Kind am liebsten machte? Sobald ich lesen konnte, habe ich gelesen, gelesen, gelesen. War das ein Glück für mich, dass es die Bücher gab!

Mein Glück sind die Bücher noch immer. Weisst du noch, dass ich nicht nur vom Schriftstellerwerden sprach, sondern auch davon, dass ich der erste Schriftsteller wäre, der mit 65, oder lieber noch ein paar Jahre früher, in den Ruhestand gehen würde. Auch das war ein Teil von meinem Traum, und mittlerweile weiss ich, worum es dabei ging. Schreiben und erzählen, das mache ich sehr gern, aber lesen, das mache ich noch viel lieber. In diesem Sinn: Ich bin froh, dass es vorwärts geht mit meinen Büchern, sodass ich zur gewünschten Zeit ans gewünschte Ende komme.

Es gibt so vieles, was ich noch lesen will, und es gibt immer wieder Neues.

Ist es nicht wunderbar, dass es die Bücher gibt?! Was habe ich mit den Büchern nicht alles schon erlebt!

Von Herzen
Dein Vater Ben

Die Zeit ist rund

Bücher sind meine Leidenschaft, und Buchhandlungen sind mein Schlaraffenland. Wann immer sich eine Gelegenheit ergibt und ich die Zeit dafür habe, zieht es mich hinein in die Welt der unendlichen Geschichten. Eigentlich weiss ich es längst und staune trotzdem Mal für Mal über die unerhörte Fülle. Immer wieder Neues. Kaum zu fassen, dass Jahr für Jahr und Tag für Tag, sogar Sekunde für Sekunde, Bücher um Bücher entstehen.

Am Übergang ins Jahr 2012 waren meine Frau und ich in Stuttgart. Flanieren, shoppen, geniessen. Kunst, Konsum und Autos. Eine Freundin meiner Frau, die aus der Gegend kommt, hat uns ans Herz gelegt, das Mercedes-Benz Museum zu besuchen. Die Architektur allein sei einen Besuch schon wert. Sie hat nicht zu viel versprochen. Eine runde Sache fürwahr. Eine Kathedrale für das Auto. Ein Tempel für unsere Zeit. Aber eigentlich ist es noch viel mehr. Es ist die Geschichte einer Epoche, die dem Ende entgegengeht.

Die Zeit ist rund, und auf der Uhr bildet sie sich ab. Auch meine Uhr war rund bis vor ein paar Wochen. Uhren werden nicht mehr für die Ewigkeit gebaut, auf jeden Fall nicht die billigen. Auch nicht für ein Jahrzehnt und nicht für ein Jahrhundert. Die Uhren und die Autos sind den gleichen Weg gegangen: vom technischen Wunderwerk zum Konsumgut, bis hin zur Massenware.

Und wie gesagt, die Zeit ist rund, und meine Uhr war das auch bis vor Kurzem. Meinen Wecker meine ich, den kleinen handlichen, den ich mit auf die Reise nehme. Dann ging die Mechanik kaputt. Das kleine, runde Ding brach ab, mit dem die Weckzeit einzustellen war, und weil die Wecker unserer Zeit sich nicht mehr reparieren lassen, kaufte ich mir einen neuen. Der kleine Billige, dachte ich, genügt, hält ohnehin nicht lang, höchstens zwei, drei Jahre. Der kleine Billige hielt nicht einmal so lang. Oder wenn ich es anders sage: Ich weiss es nicht, ob er länger gehalten hätte, wenn ... Der kleine Billige funktionierte von Anfang an nicht. Oder er hätte es schon getan, aber nur wie er es wollte. Er wollte nicht wie ich. Wenn ich mir wünschte, um 06.20 zu erwachen, musste ich meinen Wecker auf 07.00 richten. Mit anderen Worten: Mein neuer Wecker hätte auf seine Art schon funktioniert, aber sein Besitzer war nicht bereit, seinen Eigensinn hinzunehmen.

So ging ich zurück in den Laden und verlangte Eintausch und Ersatz. Ich nähme lieber den anderen für ein paar Franken mehr, sagte ich, der dann wirklich stimmt. Ich kaufte den silbergrauen Zuklappbaren, mit digitaler Zeitanzeige, ohne Ziffernblatt und ohne rundes Ding, das erneut abbrechen würde nach einer gewissen Zeit. Meine Nacht in diesem Sinn wurde linear ab sofort. Zahl nach Zahl nach Zahl, vom Abend bis zum Morgen.

Und wie gesagt: Bücher und Bücherläden sind mein Schlaraffenland. So bin ich in Stuttgart, am Abend vor Silvester, durchs Schlaraffenland gezogen und wurde dabei fündig: «... Dieser Augenblick kindlicher Begeisterung kann nicht länger als fünf Minuten gedauert haben, aber ich habe jede Einzelheit, jedes Geräusch, jeden Geruch in mir aufgenommen. Später werde ich mich kaum noch daran erinnern, aber das ist unwichtig: Die Zeit ist kein Tonband, das vor- oder zurückgespult werden kann.»

Das steht auf Seite 77 im neuen Roman von Coelho. Ich bin auf der Heimfahrt im Zug und lese. Der Roman trägt den Titel «Aleph». Das soll ein «Paralleluniversum» sein, heisst es im Klappentext, «in dem Zeit und Raum zusammenfallen».

Alles klar! Oder nicht?

Ich habe es trotzdem gekauft oder vielleicht gerade deswegen. Ich will das Rätsel lösen, das Coelho mir stellt.

Ich lese es noch einmal, noch immer im Zug auf der Reise: «... Die Zeit ist kein Tonband, das vor- oder zurückgespult werden kann ...»

Und mir fällt beim Lesen ein, dass ich meinen Wecker, den neuen mit der linearen Zeit, im Hotel habe liegen lassen.

Wie wunderbar!, denke ich. Wie gut es das Schicksal mit mir meint! Mir wird es leicht ums Herz. Jetzt weiss ich, was ich mache, wenn ich zu Hause bin. Ich kaufe einen neuen Wecker und mache meine Nacht wieder rund.

Rund in Stuttgart waren auch die Tage.

Fast alles hat gepasst, und manches hat sich ergeben. «Mercedes» war geplant, und Kunst sollte auch noch sein. Das Kunsthaus am Schlossplatz, der Kubus aus Stein vom Kubus aus Glas umfangen. Und «Stuttgart 21» war jeden Tag präsent. Unser Weg vom Hotel in die Innenstadt ging an der Mahnwache vorbei. Und das Zeltlager im Schlossgarten und die Hütten in den Bäumen, wo die Baumwächter wachten, waren unübersehbar auch für uns Touristen.

«24 Stunden, Tag und Nacht, während 365 Tagen, einem ganzen Jahr», schrieben sie auf eine Plache, die jeder sieht und liest. Ob es richtig ist oder falsch, dass die Deutsche Bahn hier baut, kann ich nicht sagen, ich habe mich nicht damit befasst. Meinen Respekt aber haben die Menschen, die dort stehen, ob es kalt ist, heiss oder nass, tagein tagaus und auch noch in der Nacht. Mir scheint, es ist ihre Art, «wir sind das Volk» zu sagen.

Der Kubus im Kubus am Schlossplatz war geschlossen an Silvester, als wir Kunst konsumieren wollten. Als Alternative bot sich uns das «Schweinemuseum» an. Ein Unikum und Kuriosum sei dieses Museum, hiess es, mit seinen über 40 000 Exponaten: Sparschweine, Glücksschweine, gemalte, gefilmte, gezeichnete Schweine, Schweine zur Zierde und zum Essen und für was auch immer. Das Schwein als Wildsau oder als domestiziertes Tier. Auch Obelix der Starke, der Wildschwein en masse verzehrt. Auch Disneys «Drei kleine Schweinchen» und Miss Piggy aus der Muppet Show. Alle sind sie da. Raum an Raum an Raum nur Schweine, Schweine, Schweine. Wenn das nicht passt zu Silvester?! – Unser Glück an diesem Tag, dass der Kubus geschlossen war!

Den Kubus sparten wir uns auf. Am Tag der Heimfahrt blieben noch ein paar Stunden. Aber wiederum kam es anders.

«Komm, lass uns durch den Schlossgarten gehen», sagte meine Frau, «statt durch die Königsstrasse», und so kamen wir am «Kunstgebäude» vorbei, wo wir hängenblieben in einer faszinierenden Schau. Unter dem

Titel «Weltsichten» ging es um das, was Menschen seit jeher tun und schaffen, um über Gott und Götter und zu allem Rätselhaften, zu den Fragen dieser Welt und zum Himmel, den wir ahnen, Antworten zu finden. Es ging in «Weltsichten» um den Sinn, der in allem und jedem steckt. «Weltsichten» passte wunderbar für den ersten Tag im Jahr, das ein letztes werden sollte. Auch der Mayakalender – wie könnte es anders sein – war in der Ausstellung ein Thema. Fürs Erklären und Verstehen fehlte uns die Zeit, aber berühren liess ich mich gern.

Und auf der Heimfahrt im Zug, während ich Coelho lese, von der Zeit, die kein Tonband ist, fällt mir mein Wecker ein, der in Stuttgart liegen blieb, wie auch das Bild dort an der Wand, das Rad des Mayakalenders. Kurze Zählung und lange Zählung, die, Zahnrädern gleich, ineinander greifen, und ich weiss jetzt, was mich berührte. Das Rad war es, das runde Ding, das dreht und dreht ohne Ende.

Und in Zürich war Endstation für den Intercity aus Stuttgart, nun ging es mit der S-Bahn weiter. Wir hatten Gesellschaft im Abteil nebenan von einer russischen Mutter mit ihrem russischen Kind und ihren russischen Eltern. Es passte noch einmal zusammen. Während Coelho erzählt von einer Fahrt mit der Transsibirischen Eisenbahn von Moskau nach Wladiwostok, reden bei uns im Zug – was hier eine Seltenheit ist – Menschen in russischer Sprache.

Was hat das nun zu bedeuten?

Ist das ein Zeichen jetzt?

Ein Zeichen in Coelhos Sinn?

Meine Frau würde «Zufall» sagen, und andere sagen:

«Synchronizität». Und ich, der ich kein Wissenschaftler
bin, nenne es eine Geschichte, die sich hier und jetzt ergibt.

Wozu, weshalb, wofür? Damit ich sie erzähle.

9.

Lieber Thomas

Ist es nicht erstaunlich, was das Leben uns bereithält und wie wir es erlangen?! Meine Reise in den Norden zum Beispiel.

Für deine Grossmutter, meine Mutter, war es Fügung. Du siehst, mein lieber Sohn, das Träumen habe ich nicht gestohlen. Eltern und ihre Kinder haben viel gemeinsam.

Von Herzen
Dein Vater Ben

Wetterglück

Ankunft in Oslo, es regnet. Es ist Montag, 16. Juli, 10 Uhr, und es ist kühl. Am Sonntag, als wir durch die deutschen und die dänischen Gewässer fuhren, schien noch die Sonne und war es warm, wie auch am Tag davor, auf der Fahrt von der Schweiz nach Kiel. Von Sonne und von Wärme wurden wir in diesem Jahr nur ganz wenig verwöhnt bis zu unserer Reise, und auch Norwegen hielt uns kein besseres Wetter bereit. Neun Tage unterwegs.

Wir hatten trotzdem Glück, denn wenn es regnete, sassen wir meistens im Bus. Oder wir sassen im Schiff, gut geheizt, in bequemen Sesseln und schauten über die Stadt. Unser Schiff hatte dreizehn Decks und darüber eine Bar und Lounge mit wunderbarer Aussicht. Von wunderbar war aber nicht die Rede, als wir durch den Oslofjord und in den Hafen fuhren. Auch wer im Ausguck sass wie wir, sah nicht wirklich viel. Wo die Stadt sich an die Hänge schmiegt, war sie nebelverhangen. Grau in Grau und Weiss und farbige Tupfer dazwischen: Autos und die Eisenbahn und Menschen unter dem Schirm.

Wir waren beide überrascht, dass wir zusammen reisten, mein Bruder Jean und ich. Eigentlich heisst er Johan, wie Mutter und Vater sagen. Wir anderen sagen Jean, wie er sich selber nennt schon seit jungen Jahren.

«Was hältst du davon, nächste Woche zusammen mit Johan eine Reise zu machen, nach Norwegen mit dem Bus?», hat Mutter mich gefragt.

«Noch einmal eine grosse Reise», hatten Vater und Mutter im Sinn, «wahrscheinlich das letzte Mal. Noch einmal die Fjorde sehen.»

Mutter ist 81 und Vater 86 Jahre alt, sie sind schon weit gereist und haben viel gesehen. Es geht ihnen gut, aber je näher der Tag der Abfahrt kam, sagt Mutter, umso mehr habe sich in die Reisefreude auch die Frage gemischt, ob sie dem Rhythmus und dem Programm auf der Fahrt noch gewachsen wären. Jetzt hätten sie sich entschieden, es lieber bleiben zu lassen, es wäre des Guten zu viel. Sie würden mir und meinem Bruder die Reise gerne schenken.

«Johan hat» – Mutter meint, ich wisse das schon – «letzte Woche die Kündigung erhalten. Es gab Differenzen über die Neuausrichtung der Firma.»

Und wie es üblich ist in einem solchen Fall, hat der Besitzer des Unternehmens seinen Geschäftsleiter, der mein Bruder ist, per sofort freigestellt. So ist Jean jetzt frei für die Reise, und ich, zu meinem Glück, habe keine Termine, die sich nicht verschieben lassen. Wir sagen zu und nehmen dankend an, und so kommen mein Bruder und ich zur Reise in den Norden wie die Jungfrau zum Kind.

«Ja, der Sommer in diesem Jahr», sagt der Reiseleiter, der uns Oslo zeigen will, «er lässt noch auf sich warten.»

Die Tour durch die Stadt soll beim Opernhaus beginnen.

«Stellen Sie sich vor, wie das strahlt, wenn die Sonne scheint!», sagt der Mann, und dabei hat er recht. Selbst ohne jeden Sonnenstrahl lässt sich das Strahlen ahnen. Schneeweisser Marmor steigt aus dem Meer, einem

Eisberg gleich, und aus dem Marmor bricht das Glas, und das Dach ist zu begehen bis auf den höchsten Punkt, und der Regen stoppt für kurze Zeit, um hernach mit doppelter Kraft von Neuem zu beginnen. Es giesst aus Kübeln, das Wasser fliesst in Strömen. Park und Schloss und Innenstadt, wie auch der Holmenkollen, fallen buchstäblich ins Wasser. Doch unser Reiseleiter versucht das Beste daraus zu machen. Er zeigt uns aus dem Bus, was er uns zeigen kann, und als Ersatzprogramm führt er uns durchs Stadthaus.

«Sie täuschen sich nicht», sagt der Mann, «wenn Ihnen das Bild da vorne an der Wand bekannt vorkommen sollte. Das Bild geht um die Welt, im Dezember jedes Jahr, wenn sie hier im Saal den Friedensnobelpreis verleihen.»

Dezember 2011: «Liebe Ruth, du bist bestimmt überrascht, vielleicht auch ein wenig befremdet, dass ich die norwegische Insel Utöya auf meine Weihnachtskarte drucke. Ein Ort, wo so viel Schreckliches geschah, kann keine Weihnachtsbotschaft sein! Und doch passt es zu dem, was ich dir sagen möchte. Das Jahr, das jetzt zu Ende geht, war auch für dich kein leichtes, und es hat mit dem zu tun, was das Bild uns zeigt. – Ein Herz mit Wald rundum und eine Lichtung in der Mitte. Das kann kein Zufall sein, dass der Mensch, der das Foto machte, die Perspektive wählte, die uns die Herzform zeigt. Du weisst, liebe Ruth, das ist die Art, wie ich die Welt gern sehe. In allem suche ich Sinn und meistens werde ich fündig. Das ist dann mein Versuch, ein bisschen Ordnung zu schaffen, wo sonst das Chaos herrscht. Ich weiss, es ist verrückt, nach einem Sinn zu fragen an einem solchen Ort, wo jungen Menschen in grosser Zahl durch eine schlimme Tat das Leben genommen wurde. Aber sag, Ruth, haben wir die Wahl? Was bleibt uns anderes übrig, als das Beste daraus zu machen, so gut es eben geht? Mein Beitrag, ich weiss, ist gering, und es ist gewiss naiv zu glauben, dass einer mit Geschichten die Welt verbessern kann. Aber was sollte ich anderes geben, als das, was mir gegeben ist? Was kann ich anderes machen? Verstehst du, was ich meine? Du verstehst mich doch bestimmt, du bist ja selber eine, die ähnlich denkt und handelt. Wobei «denken», in diesem Fall, eigentlich nicht stimmt. Es gilt doch auch für dich: Im Zweifel lieber fühlen, als verzweifeln mit Verstand! Dein Herz, nach dem Infarkt in diesem Jahr, möge wieder ruhig schlagen und konstant, das wünsche ich dir von Herzen. Herzliche Grüsse, Ben.»

Ruth war die Frau von meinem Bruder Jean bis vor ein paar Jahren, meine Schwägerin war sie auch. Als ich ihr die Weihnachtsgrüsse schrieb, ahnte ich noch nicht, dass ich im Sommer drauf selbst nach Norwegen fahre.

«Wer einen Elch sieht, sage es bitte sofort, dann kehre ich auch um. Elche sind scheue Tiere und man sieht sie nur ganz selten», sagte Gerold, unser Fahrer.

«Ein Elch!», rief ich am zweiten Tag am Morgen, aber ich war mir nicht ganz sicher.

«Vielleicht auch eine Kuh», raunte es rundum.

Wir wenden und fahren ein Stück zurück, und das brave Tier tut mir den Gefallen, dass es stehen bleibt, bis wir es fotografieren. – Ehrlich wahr, ich habe Zeugen: Gerold, unseren Fahrer, und 21 Gefährten, die mit auf der Reise waren.

Zuhause in der Schweiz, im Klöntal über dem See, sage ich zu meiner Frau, wenn wir auf das Wasser schauen: «So muss es sein in Norwegen in einem Fjord, jetzt kommt dann gleich ein Meerschiff um die Ecke.»

Und genau so war es auch. Zu beiden Seiten mächtig hohe Felsen und ein beträchtlich grosses Schiff, das um die Ecke kam, und zwei Schiffe waren schon da, die «Costa Futura» unter anderem. – Ehrlich wahr, mit Fotos und mit Zeugen! Es hat perfekt gepasst, es passt in meine Geschichte. Die «Futura» bleibt in Fahrt, und die «Concordia» havarierte.

Und dann fällt mir noch etwas ein, das auch zur Geschichte passt: Auf der Fähre von Kiel nach Oslo waren insgesamt drei Busse aus der Schweiz. Unser Fahrer lernte die anderen Fahrer kennen. Der eine von ihnen ist landesweit bekannt, über ihn gibt es ein Buch, und er war schon in Talkshows zu Gast. Bevor er Chauffeur wurde und sich seinen Traum erfüllte, hat er Herzen operiert in einer Klinik in Zürich. Als er 55 war, gab er das Operieren auf und folgte der Stimme seines Herzens, und zwei Jahre später fuhr er durch Europa mit einem Lastenzug. Jetzt fährt er einen Reisebus, dieses Mal ans Nordkap.

Aber das war Zufall oder vielleicht auch Wetterglück: dass mir der «Dr. Truck & Herz» in Oslo begegnet ist auf regennasser Strasse, und Gerold von ihm erzählte, was mich an Ruth erinnert hat, an ihren Herzinfarkt, wie auch an den Infarkt, den das Land, durch das wir reisten, im Jahr zuvor erlitt.

Doch andererseits, wenn ich es recht bedenke: Hätte es nicht geregnet, dann wäre mir der Herzen-Mann bei Sonnenschein begegnet. Es musste wohl so sein.

10.
Lieber Thomas

In der Neujahrsnacht waren deine Mutter und ich in Zürich. Das haben wir das erste Mal gemacht. Zuerst ein feines Essen, hernach ins Kino und um Mitternacht als Höhepunkt das Feuerwerk am See. Es war ein grosses Fest. Auch das Wetter hat gepasst, die Temperatur war angenehm. Ein Abend zum Geniessen. Gut möglich, dass wir es am nächsten Silvester noch einmal ähnlich machen.

Der Film, den wir im Kino schauten, war «Der Hobbit – Eine unerwartete Reise» in 3D. Meister Bilbo, als er jung war, mit den Zwergen unterwegs, auf Abenteuer aus. Vorbild für den Film war das Buch «Der kleine Hobbit» von Tolkien, das dem «Herr der Ringe» voranging. Kannst du dich erinnern, wie ich dir und deinem Bruder die Herr-der-Ringe-Bücher vorgelesen habe? Euch, wie auch mir selbst, haben Tolkiens Geschichten gefallen. Und weisst du, was ich vor Kurzem las im Zusammenhang mit dem Film? Von Tolkien schrieben sie, der ein Professor für alte Sprachen in Oxford war. Die Geschichten, die von Bilbo, Frodo, Gandalf handeln, habe der Autor in erster Linie für seine Kinder geschrieben und auch noch für sich selbst, als Ausgleich zum nüchternen Alltag. Tolkien habe von sich gesagt: «Ich bin selber ein Hobbit, in allem bis auf die Grösse.»

Der Bilbo Beutlin aus Beutelsend will nicht wirklich reisen. Die Zwerge nehmen ihn mit, weil Gandalf es so will.

Nur der Zauberer weiss, dass der Hobbit wichtig ist, um das Ziel zu erreichen. – Aber darum, lieber Thomas, geht es mir eigentlich nicht, nur um die Zwerge. Gnomen werden sie genannt.

Wenn einer Gnomen sagt, dann meint er es despektierlich. Gnomen siehst du nicht, du siehst nur, was sie wirken, und das macht selten Freude. Wenn man in jüngerer Zeit wieder öfter von den Gnomen sprach, dann ging es um die Banken. «Die Gnomen von Zürich» vollbringen ihre Werke im Dunkeln.

Weisst du, dass es auch ein Engländer war, der den Begriff «Gnomen von Zürich» prägte? Und weisst du, unter welchen Umständen das geschah? – Aber auch darum geht es mir eigentlich nicht. Es geht mir darum, zu sagen, dass wir alle irgendwie auch Hobbits sind. Klein und unscheinbar, wenn wir zuhause bleiben. Und dann bricht plötzlich einer auf zu einer unerwarteten Reise.

Von Herzen
Dein Vater Ben

Komische Oper

Das geflügelte Wort von den «Gnomen von Zürich» habe der britische Premierminister James Harold Wilson in den Fünfzigerjahren des letzten Jahrhunderts geprägt, sagt man. Wilson erzürnte sich über die Zürcher Banker, weil sie mit Spekulationen die britische Währung drückten. Das kommt einem bekannt vor in Zeiten der allmächtigen Märkte.

«Die Märkte reagieren. Die Märkte wollen. Der Markt tut dies und das.»

Ich mag es nicht mehr hören.

Gnomen handeln unerkannt, sind hässlich und horten Schätze im tiefen, dunklen Berg, und keiner weiss, wie ihnen beizukommen ist. Keiner kennt sie wirklich.

Das war einmal, aber heute weiss man, wo die Gnomen wohnen. Zürichs Gnomen haben einen Sitz. Sie sitzen an der Bahnhofstrasse auf der Bank. Ihr Blick geht weit, und bei guter Sicht sind die Berge nah. Das sind die Glarner Alpen. Ihre Hausberge, wie sie in Zürich sagen. Ihr liebster Berg steht mittendrin. Der Berg heisst Vrenelisgärtli. Das Gärtli ist, von nah beschaut, ein immenser Garten.

Der Berg hat eine Geschichte: Es war einmal vor langer Zeit eine mutige junge Frau, die Verena hiess. Sie will zuoberst auf dem Berg ihren Garten pflanzen. Das darf sie aber nicht, weil da die Götter wohnen.

«Das ist Gott versucht», warnen sie die Menschen im Tal.

Verena, unbeirrt, macht sich auf den Weg, und sie stülpt sich, als es zu schneien beginnt, einen Käsekessel über den Kopf. Das wird ihr zum Verhängnis. Die schwere Schneelast drückt und drückt, bis Verena im eisigkalten Grund versinkt und für immer darin verschwindet. Der Schnee aber bleibt, er bleibt Jahrhunderte lang. Das mächtige, ewigweisse Feld gehört fortan zum Panorama von Zürich.

Es hat dazu gehört. Seit ein paar Jahren zeigt sich das Gipfelfeld nämlich kahl im warmen Sommer.

Es war einmal, das heisst – meine Frau und ich bezeugen es –, es hat sich zugetragen: Wir waren zum Wandern in Arosa ein Wochenende lang. Zwei Wasserfälle waren unser Ziel an einem heissen Tag. «Zum kleinen Wasserfall» zur linken Hand wies man uns den Weg und in die andere Richtung «Zum grossen ...». Wir gingen links, der Weg war kurz, zwei Familien waren schon da. Sie hatten Gewagtes im Sinn. Ich selbst ging nahe an das Wasser, so nahe, wie es ging, ohne nass zu werden. Mir war schon reichlich kalt, der Wasserfall machte Wind. Nun waren die Väter mit ihren Töchtern dran. Vom Platz am Fels, beim Wasser an der Seite, wo ich nur kurz verweilte, gingen sie noch ein paar Schritte weiter. Ein kleiner Junge blieb bei der Mutter zurück. Die Mädchen schauten zu, was ihre Väter machten, und folgten zögernd nach ins eisigkalte Nass. War das ein Schreien und Jauchzen, vor Freude und vor Schreck. Hut ab! Mutig! Ich hätte es nicht gewagt.

«Zum grossen Wasserfall» ging unser Weg dann weiter. Rechts zuerst, dann wieder links, hinein in eine steile Flanke. Wir stiegen auf und auf und fragten uns nach einer Weile, wo das Wasser blieb. Wir sahen den Bach nicht mehr, wir hörten nur sein Rauschen. Nach etwa einer halben Stunde meinte meine Frau: «Für mich ist jetzt genug, ich kehre um.»

So ging ich allein den Rest und kam auf einer Aussichtskanzel an. Ich befand mich vis-à-vis vom Wasserfall, auf der anderen Seite der Schlucht, und am Weg vor mir an exponierter Stelle stand eine Bank. Der Mann und die Frau, die darauf sassen, rückten ein wenig zur Seite, und die Frau lud mich ein: «Kommen Sie, setzen Sie sich, Sie brauchen es sicher auch.»

Ich lehnte dankend ab. Noch ein paar Schritte weiter wähnte ich die bessere Sicht.

«Sind Sie auch das erste Mal da? Haben Sie den Weg gekannt? Der Aufstieg hier ist happig.»

Lange reden wir nicht. Ich bin in Eile, nehme zuoberst einen Blick und kehre um, um den freundlichen Leuten auf der Bank noch einmal zu begegnen. Die Frau sagt wieder: «Bitte nehmen Sie Platz», und ich lehne noch einmal ab. Ich müsse unbedingt weiter, ich wolle meine Frau nicht länger warten lassen. Ich wünsche einen schönen Tag und ziehe talwärts los.

Ab der Krete durch den Wald, unter dem Felsband durch, den schmalen Weg entlang, hinüber zur steilen Halde. Ob ich meine Frau von da aus sehen kann? Ich schaue, suche und bin im höchsten Grad erstaunt, als ich sie in diesem Moment meinen Namen rufen höre, oben aus dem Wald.

Wo ich jetzt bin, nur ein paar Schritte weiter, steht wieder eine Bank. Da sitzen wir und rätseln, wie und wo wir auf dem schmalen Pfad aneinander vorbeigegangen sind. Es muss geschehen sein, wo die beiden sassen. Während ich zur einen Seite der Krete auf dem Abstieg war, stieg meine Frau auf der anderen Seite auf. Und als sie mich nicht fand, fragte sie die Leute auf der Bank: «Mein Mann mit weissem Shirt?»

An die Kleider erinnerten sie sich nicht.

«... Aber graue Haare hatte der Mann, der vor einem Augenblick hier um die Ecke verschwand.»

So sind wir noch am Rätseln, und meine Frau ist am Erklären, weshalb sie ihren Entschluss doch noch geändert hat, als das freundliche Paar bei unserer Bank ankommt. «Das war jetzt aber witzig», sagt die Frau, «wie in der komischen Oper.»

Bank nach Bank. Auf der Wanderung und auch noch am Tag danach, zuhause in der Zeitung. Die höchste Zürcher Bank, in Stein gehauen, stehe auf dem Vrenelisgärtli, heisst es da, sie wurde der Stadt geschenkt. Am Samstag habe die Frau Stadtpräsidentin das gewichtige Geschenk persönlich in Empfang genommen. Sie musste es sich verdienen, der Aufstieg auf den Berg war lang.

Bank über Bank. Die Banken seien zu gross, um sie noch fallen zu lassen. Too big to fail. Das gibt den Gnomen von Zürich und ihren Verwandten weltweit unverschämt viel Macht. Banker vergessen schnell. Es ist noch gar nicht lange her, da hat sie der Staat gerettet, und jetzt lassen sie schon wieder ihre Muskeln spielen. Sie haben nichts kapiert. Und so bleibt mir noch das Träumen: Ich male mir jetzt aus, wie unsere Frau Ministerin für

Banken und Finanzen, mutig wie Verena einst, aufs Vrenelisgärtli steigt. Zwei andere sind schon da, und sie rücken ein wenig zur Seite: «Kommen Sie, sitzen Sie, nehmen Sie bitte Platz, Sie können es sicher brauchen.»

Und so sitzt und staunt die Frau. Weit weg die grosse Stadt mit ihren grossen ... – Wie klein doch alles wird aus passender Distanz.

11.
Lieber Thomas

Das Leben geht vorbei, Geschichten aber bleiben. Vielleicht ist das der wahre Grund, weshalb ich Geschichten schreibe.

Von Herzen
Dein Vater Ben

Eintracht Frankfurt

Es kommt nicht immer wie immer, aber ähnlich kommt es schon.

«Es war, als ob sich die Geschichte wiederholt», soll Valentina Capuano gesagt haben, als sie nach dem Schiffbruch im toskanischen Meer gerettet worden war. Sie und ihr Bruder erinnerten sich an die Geschichte, die ihnen Grossmutter Maria wieder und wieder erzählte. Deren Bruder Giovanni war im Alter von 25 Jahren auf der Suche nach Arbeit nach London ausgewandert. Dort wurde er Kellner auf der Titanic. Als die Titanic sank, im Jahr 1912, war er eines der über 1500 Todesopfer. Solche Geschichten prägen sich ein. Kein Wunder, dass sich die Capuano-Geschwister an die Titanic erinnern, auf der ihr Grossonkel starb. Überhaupt fällt auf, wie oft man Titanic meint und Costa Concordia sagt. – Concordia, was Eintracht bedeutet.

Im alten Rom gab es sogar eine Göttin, die den Namen Concordia trug. Aber in den jüngeren Zeiten hat die Eintracht ihren Glanz ein wenig eingebüsst. – Was sage ich «ein wenig». Der Glanz ist weg, nicht nur in Frankfurt, wo die grosse Eintracht um grosse Zeiten trauert. Und Concordia Basel ist auch nur der kleine Bruder des grossen FC Basel, der es dank des vielen Gelds von Novartis, Roche etc. mit Real Madrid, mit Bayern München und Manchester United aufnimmt. Geld macht stark – hat es gemacht bis vor Kurzem.

«Elf Freunde sollt ihr sein» hiess ein Buch für Buben, das ich, als ich jung war, las. Elf Freunde, um miteinander zu spielen. Keiner gewinnt das Spiel allein. Ein Fuss, ein Kopf und manchmal Gottes Hand. Aber zehn andere sorgen dafür, dass der Ball zum Fuss, zum Kopf oder gar zum Händchen kommt. Nur einer schiesst das Tor, aber die anderen braucht es auch. Auch die Gegner sind nötig. Ohne Gegner ist auf dem Spielfeld wenig los. Es braucht Verlierer und Gewinner. Auch eine Tabelle braucht es, damit es eine Meisterschaft wird. Oder eine Championship in der Championsleague, wie die ganz oben heissen. Auch die Grossen brauchen die Kleinen. Sind nämlich die Grossen unter sich, sind die einen von ihnen klein. Das ist Fussball. So geht das Spiel. Über die Jahre und Jahrzehnte hat man fast vergessen, wie man es richtig macht. Aus dem Spiel wurde Ernst. Es ging nur noch ums Geld. Die Eintracht blieb auf der Strecke.

Wilders, Haider, Orban, Putin oder Blocher und ein paar andere mehr. Ihnen ist gemeinsam, dass sie die Macht anstreben. Sie wollen die ganze Macht, möglichst ungeteilt. Es geht um Macht und Geld. Geld regiert die Welt – möchte die Welt regieren. Aber nicht immer kommt es wie immer, auch wenn es ähnlich beginnt.

Wie war das 1912, als die Titanic sank? Was geschah in jenem Jahr? Wikipedia sei Dank, ich habe eine Antwort gefunden. Das Jahr 1912 sei von den wachsenden Konflikten in Europa geprägt gewesen. Diese Konflikte hätten zwei Jahre später in den ersten Weltkrieg gemündet.

Aber wie gesagt: Manchmal kommt es auch anders. Es ist schon anders gekommen in diesem einen Fall. Die

Concordia ist nicht gesunken, wie die Titanic sank, ins tiefe, dunkle Meer. Sie liegt als Mahnmal da. Als Mahnmal für Europa, das um den Euro ringt. Sie erinnert uns an das, was wirklich *wirklich* zählt. Eintracht ist keine Bagatelle in einer Zeit, in der manches fraglich wird, was man gefestigt glaubte.

Concordia hat auch mit Herz zu tun. «Cordialement» sagen die Franzosen am Ende eines Briefs. «Herzlich» schreiben wir. Oder wir haben es geschrieben, als man noch Briefe schrieb.

«Schon Zürichs Concordia war ein Unglücksschiff», heisst es heute in der Zeitung. Sie erinnern an ein Ereignis, das auf dem Zürichsee vor langer Zeit geschah. Die Concordia hatte es, wie die Geschichte zeigt, auch hierzulande schwer. 1872 stiess der Raddampfer Concordia in voller Fahrt mit der St.Gotthard zusammen. Alkohol war im Spiel, bei den Passagieren und beim Personal. Eine feuchtfröhliche Fahrt mit verheerendem Ausgang. Die St.Gotthard sank, und es gab Tote. Eine abstruse Geschichte, die man kaum glauben kann: Am Abend des 29. August 1872 hätte die Concordia die Schuljugend von Meilen, in Begleitung ihrer Lehrer und der Schulbehörde, von einem Ausflug heimgefahren. Die Eltern erwarteten die Kinder am Ufer. Die Aufregung der Kinderschar auf dem Schiff sei gross gewesen, berichtete der Chronist. Das überlaute Holdrio der Kinder führte er auf den Umstand zurück, dass auch sie, wie das damals üblich war, zum Mittagessen Bier und Wein erhalten hätten. Gross und Klein waren angeheitert. Auch die Schiffsmannschaft habe dem Geistigen kräftig zugesprochen. Ein Lehrer habe mit dem Steuermann ein paar Schoppen Wein geleert. Wie viele, habe man nicht mehr feststellen können. Bei der Anfahrt auf den Hafen von Meilen hätten sich die Ereignisse dann überschlagen. Der Steuermann habe noch mit den Kindern gesungen, als der Glockenmatrose auf dem Vorschiff «stopp, stopp, stopp!» zu rufen begann und er die Glocke betätigte, weil er das Unglück nahen sah. Sein Rufen drang wegen des Kinderlärms nicht in den Maschinenraum. Zudem habe der Steuermann die Signalpfeife nicht dabei gehabt, und auf der Concordia habe es kein Sprechrohr von der Brücke zum Maschinisten gegeben. Dann seien die beiden Schiffe auch noch falsch ausgewichen, eines nach rechts, das andere nach links, beides in Fahrtrichtung gesehen.

«Es musste zum Zusammenstoss kommen», habe der Chronist gefolgert, wie man heute in der Zeitung liest. Die Eltern am Schiffssteg hätten hilflos zusehen müssen, wie sich die Schiffe ineinander verkeilten. Die Kinder an Bord hätten geschrien, und mit kleineren Booten habe man die Passagiere und die Schiffsbesatzung gerettet. Fast alle kamen mit dem Schrecken davon. Zwei gingen mit der St.Gotthard unter.

Gut, gibt es die Chronisten, man würde es sonst nicht glauben. Es ist auch kaum zu glauben, was man von der Costa Concordia hört. Aber tatsächlich ist es geschehen, das Wrack steht dafür Zeuge.

Und wie es der Zufall will, ist ein Redaktor meiner Zeitung zur Zeit der Concordia-Havarie auf einem anderen Schiff der gleichen Reederei, das Fantasia heisst, auf einer ähnlichen Route unterwegs. Er hat ein Foto geschickt, das ihn selber zeigt, wie er die Rettungsboote auf *seinem* Schiff studiert. Und er hat vom mulmigen Gefühl erzählt, das ihn befällt bei dem Gedanken, es hätte die Fantasia statt der Concordia getroffen. Im Hafen von Barcelona, wo beide Schiffe zur gleichen Zeit anlegten, habe er die Concordia noch fotografiert. Der Riesenpot, noch unversehrt, habe ihm imponiert.

Und ich stelle mir die Frage, ob das nun Zufall war? – Kein Zufall, es musste so sein, für den Zeichner in der Zeitung. Die Concordia hat er, wie bekannt, in den Vordergrund gerückt, der Küste zugeneigt und zur Hälfte im Meer versunken, und ein bisschen weiter draussen ist die Euro Concordia platziert – zum C zwei Striche dazu –, den Bug schon tief im Wasser. Und zuoberst auf dem sinkenden Schiff steht stramm Kapitänin Merkel. Sie weiss, was sich gehört. Der Kapitän geht als Letzter von Bord.

Aber es kommt nicht immer wie immer, wie gesagt, auch wenn es im Moment so scheint. Denn ob der Euro untergeht, ist längst noch nicht entschieden. Und gut, dass die Fantasia noch fährt. Man wird sie bestimmt noch brauchen.

Und apropos Eintracht Frankfurt: Der Fussball bleibt rund, und für die Eintracht kommen auch wieder bessere Zeiten. – Ob das Gleiche auch für den Euro gilt? Wir werden es wissen, bald. Auch über den Euro entscheiden sie in Frankfurt. Das Bankgebäude der Europäischen Zentralbank steht mitten in der Stadt, oder sagen wir: im Herzen. So ist das Herz gefordert, wenn Europa gesunden will. Europa ist mehr als Geld, aber Geld ist es auch.

12.
Lieber Thomas

*Mir kommt eines oft in den Sinn, wenn ich an dich den-
ke. Du warst vielleicht 16, als du das erste Mal mit deinen
Freunden – nicht mehr mit deiner Mutter, deinem Bruder
und mit mir – in die Ferien fuhrst. Ihr wart zum Camping
in Ascona. Und als du nach Hause kamst, erzähltest du
vom Minigolf neben dem Campingplatz und vom Mann,
der das Geschäft dort führte. Das wäre etwas für dich,
hast du gemeint, das wäre ein gutes Leben.*

*In den Jahren danach bekamen andere Träume Vorrang,
meine Erinnerung aber blieb. Ich erinnere mich gern daran. Irgendwie hattest du das Wesentliche schon erkannt:
Ein gutes Leben ist wichtig. Und was ein gutes Leben ist,
muss jeder selber wissen. Für mich hat das gute Leben
auch mit Freunden zu tun. Freunde teilen Freud und Leid,
auch Wissen und Erkenntnis.*

*Von Herzen
Dein Vater Ben*

Freunde

Betreff: Stille

Lieber Ben, «Die grösste Offenbarung ist die Stille» (Lao Tse).

Ich lese, zum zweiten Mal, ein Buch von meiner Lehrerin Phyllis Krystal, «Monkey Mind – Den Verstand zähmen». Sie beschreibt den Verstand und unsere Gedanken als galoppierende Pferde. Wir, unser wahres Ich – nicht unser Ego – müssten die Gedanken unbedingt im Zaum halten. Nicht umgekehrt! Und just galoppieren deine Mails wie wild in meine Mailbox. Ich musste schmunzeln über die Koinzidenz. Ich bin am Loslassen von allem, vor allem natürlich am Loslassen all dieser Gedanken, die mich oft belagern. Ich bin am Zu-mir-kommen, in die Stille, wo es kein Werten, kein Ur-teilen, kein Messen mehr gibt. Ab und zu erlebe ich Momente, in denen es mir gelingt, und sie sind wunderschön. Ab und zu sehe ich Bilder, und sie sind wunderschön. Ab und zu höre ich die Stille, und sie ist wunderschön.

So habe ich den Überblick über deine Mails etwas verloren. Doch den Über-blick haben wollen ist wohl auch eine Sache des Verstandes, die Seele möchte lieber Ein-sicht. So sollten wir uns dann mal sehen oder telefonieren, damit du mir Einsicht gewährst. Einen schönen Abend wünscht dir,

Maren

AW: Stille

Liebe Maren, ja, du hast recht, wir sollten uns wieder einmal sehen. Und ja, auch mit den wilden Pferden. – Wie doch alles wieder passt! Gestern Abend war ich mit Rosa am Theaterspektakel. Rosa traf die Wahl. Als ich nach Zürich kam, hatte sie die Tickets schon gekauft. «Hans was Heiri» hiess das Stück von «Zimmermann & de Perrot», eine Truppe von fünf Männern und zwei Frauen. Es war ein Ereignis, wunderbar! Poetisch, akrobatisch, musikalisch, tänzerisch und clownesk. Die Suche des Menschen nach seiner Einzigartigkeit ist das Thema, das sie auf die Bühne bringen. «Hans was Heiri» heisst das Stück nicht umsonst, es kommt nicht darauf an. Und weisst du, was in diesem «Hans was Heiri» geschieht? Sie sind alle so aussergewöhnlich, all diese kleinen Menschen im grossen Hamsterrad – eine haushohe Konstruktion –, das dreht und dreht und dreht. Die Menschen turnen durch die Räume, steigen über sie hinaus, und sie tauschen im Gehen und Drehen zuletzt sogar ihre Kleider. «Hans was Heiri», es kommt nicht darauf an, und trotzdem fasziniert es vom Anfang bis zum Ende. Es ist urmenschlich schön, wie sie auf einzigartige Weise nach sich selber suchen.

Und ja, wir sollten uns mal sehen, da hast du wirklich recht. Mal schauen, wann es passt. Oder ja, auch telefonieren.

Herzliche Grüsse
Ben

PS: Der gestrige Abend gibt viel mehr her als die paar Zeilen. Es gibt also auch noch zu erzählen, wenn wir uns sehen und hören. Und vielleicht ergibt sich noch eine Geschichte daraus, die kann dann «Hamsterrad» heissen. Und was den Überblick anbelangt über meine Mails, den du verloren hast, ist das kein Problem. Den Kern hast du erfasst. Ja, wir sehen uns!

Betreff: High Noon

Liebe Maren, auch wenn «Hamsterrad» zwar passt, so ist es doch kein schöner Titel. Ob ich statt dessen «High Noon» sagen sollte?, habe ich mich gefragt. Es war gerade zwölf, als ich dir mailte.
Herzliche Grüsse
Ben

Betreff: Titel

Noch einmal, liebe Maren: Die Geschichte heisst doch eher «Stille», ganz wie du es wünschst.

Betreff: Wilde Pferde

Hallo Maren, nur ein Gedanke noch: «Monkey Mind», sagtest du und «wilde Pferde». Die Wissenden und Lehrenden, wie zum Beispiel eine Phillis Krystal – ich habe nicht gewusst, dass du bei ihr lerntest – legen den Pferden Zügel an. Sie lehren, lehren, lehren… Sie beschäftigen ihre Pferde, auf dass sie die Wildheit vergessen bis an ihr Lebensende. So stelle ich mir das vor.

Was aber mache ich, der ich beim Zähmen nicht wirklich glücklich werde? – Für mich und meinesgleichen erzähle ich Geschichten. Das Wilde und das Stille gehören zur gleichen Welt.

Herzliche Grüsse

Ben

13.
Lieber Thomas

Weisst du noch, welches dein Lieblingsmärchen war, das du, als du klein warst, von mir und deiner Mutter wieder und wieder erzählt erhalten wolltest? Das Dornröschen war es, und so haben wir es dir unzählige Male erzählt.

Dreizehn Feen sind es dort, hier sind es dreizehn Geschichten, und wie es schon im Märchen ist, kommt die Letzte unverhofft. Mal schauen, was sie bringt.

Von Herzen
Dein Vater Ben

PS: Ich schaute, schaute, schaute und komme nun zum Schluss, dass das, was sie dir sagen will, du selbst erkennen musst. Und wenn du es erkennst, erzählst du es mir bitte?

14.
Lieber Thomas

Ich bleibe dabei, dass du die letzte der dreizehn Geschichten selbst erzählen musst. Aber ich habe nachgezählt und mit Erstaunen festgestellt, dass es bis jetzt erst elf Geschichten sind. Auch die zwölfte muss sich noch ergeben, ich kenne die zwölfte noch nicht. Haben wir also Geduld.

Von Herzen
Dein Vater Ben

PS: Ich habe das Gefühl, dass diese eine Geschichte, die ich dir noch erzählen möchte, mit dem Glauben etwas zu tun hat. Irgendwie, scheint mir, würde das noch passen, wegen deinem Namen. Man sagt dem Thomas ja nach, er glaube nur, was er sieht, und der Thomas in der Bibel war blind. Irgendwie hat die Geschichte, die ich dir noch erzählen möchte, also auch mit dem Sehen zu tun.

Weisst du, was ich meine? – «Man sieht nur mit dem Herzen gut …» – Das ist jetzt nicht von mir, aber trotzdem ist es schön, sehr schön sogar. Ich kann es nicht schöner sagen.

PPS: Noch eines, lieber Thomas, deinen Namen betreffend: Hätte ich noch einmal die Wahl, ich würde dir wahrscheinlich den Namen Tobias geben, weil: Kennst du die Geschichte aus dem Alten Testament, die davon erzählt, wie der Sohn das Mittel fand, um dem blinden Vater Tobit die Augen wieder zu öffnen? Ein Engel half ihm dabei.